ME CHAMA DE CASSANDRA

CB029187

MARCIAL GALA

ME CHAMA DE CASSANDRA

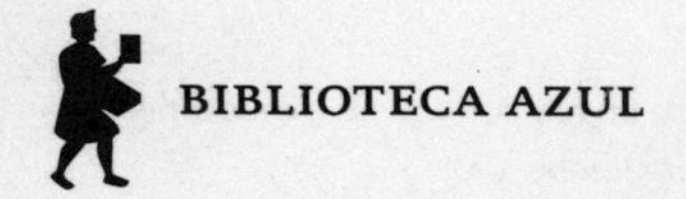

Copyright © 2023 by Editora Globo S.A.
Copyright © Marcial Gala, 2019.
Publicado em acordo com Literarische Agentur Mertin Inh. Nicole Witt e. K., Frankfurt am Main

Todos os direitos reservados. Nenhuma parte desta edição pode ser utilizada ou reproduzida — em qualquer meio ou forma, seja mecânico ou eletrônico, fotocópia, gravação etc. — nem apropriada ou estocada em sistema de banco de dados sem a expressa autorização da editora.
Texto fixado conforme as regras do novo Acordo Ortográfico da Língua Portuguesa (Decreto Legislativo nº 54, de 1995).

Editor responsável: Lucas de Sena
Assistente editorial: Renan Castro
Tradução: Pacelli Dias Alves de Sousa
Preparação: Ellen Maria Martins de Vasconcellos
Revisão: Fernanda Marão
Diagramação: Crayon Editorial

CIP-BRASIL. CATALOGAÇÃO NA PUBLICAÇÃO
SINDICATO NACIONAL DOS EDITORES DE LIVROS, RJ

G143m
Gala, Marcial
Me chama de Cassandra / Marcial Gala ; tradução Pacelli Dias Alves de Sousa. - 1. ed. - Rio de Janeiro : Biblioteca Azul, 2023.
248 p.

Tradução de: Llámmenme Casandra
ISBN 978-65-5830-177-6

1. Ficção cubana. I. Sousa, Pacelli Dias Alves de. II. Título.

22-81048 CDD: 868.99231
CDU: 821.134.2(729.1)

Gabriela Faray Ferreira Lopes - Bibliotecária - CRB-7/6643

1ª edição, 2023

Direitos de edição em língua portuguesa para o Brasil adquiridos por Editora Globo S.A.
Rua Marquês de Pombal, 25 – 20230-240 – Rio de Janeiro – RJ
www.globolivros.com.br

A Shinere e Shenae Gala Ávila.
À memória de Reinaldo Arenas.

Como o cavalo morto que a maré infringe à praia

Jorge Luis Borges

Estou sentado, olhando o mar.

É muito cedo em casa, e como todos ainda estão dormindo, me levantei, abri a porta e saí para a varanda. Peguei uma cadeira da sala, para ficar mais confortável. Tenho dez anos de idade e hoje é domingo, então não vou à escola. Posso passar toda a manhã olhando o mar, e a manhã me parece um tempo infinito, mas logo escuto a voz da minha mãe detrás de mim:

— Mas, Raulzito, onde você se meteu?

Eu sinto que não quero ser esse Raul, eu quero ser Cassandra, não Raul. Não quero que me chamem de Sem Ossos na escola, não quero que minha mãe me chame de Raulzito, quero estar muito tempo olhando o mar até que o mar se gaste em meus olhos e não seja mais que uma linha branca que me faz chorar. Estou em Cienfuegos, ainda não sou um guerreiro de mentirinha em Angola, onde nunca chove, e o capitão ainda não me chamou para a sua barraca para me dizer:

— Tire a roupa porque temos que brincar de uma coisa que você vai gostar.

O capitão é do oeste de Cuba, suas palavras chegam a mim sem os esses e eu dou risada só porque tenho medo. Sempre rio do que me assusta, não consigo evitar. Rio quando passamos pelas aldeias e as pessoas veem passar a caravana de tanques e caminhões de guerra com olhos que vão ficando imensos em suas caras terrosas, olham para a gente com seus pés descalços e sujos de terra vermelha e me parece que querem dizer algo com seus pés, querem contar algo para mim em particular. Sonho com esses pés que me dizem:

— O que você está fazendo aqui?

Mas, por sorte, ainda estou em casa, olho o mar e penso — porque eu reflito muito para os meus dez anos de idade —, penso que eu gostaria de abrir os braços e saltar e cair nas pedras, e então papai e mamãe chorariam muito e José deixaria de me olhar com essa cara de quem sabe de tudo. "O Raul se matou", diriam na escola e dessa vez seria verdade e eu estaria feliz, não teria que voltar a roubar dinheiro da minha mãe para ir à livraria e dizer:

— Me dá um do Edgar Allan Poe, porque roubaram o meu na escola.

— Acabou Poe, temos Robert Louis Stevenson — diz o livreiro. — É um lindo livro porque tem essa caveira na parte de fora, mas não sei se é apropriado para a sua idade.

— É para a mamãe — digo, e ele, todo desconfiado, me põe o livro nas mãos.

— Bom, então não o leve para a escola, vão acabar roubando este também... e, se perguntarem, eu não te vendi nada... está claro?

— Sim — respondo eu, que vejo fantasmas.

Olho para fora da porta da minha escola e lá estão eles, vestidos de marinheiros. A minha escola é muito antiga e antes era um quartel, se chama Dionisio San Román, por causa de um marinheiro que morreu na insurreição de 5 de setembro de 1956. Volto a pé para minha casa. Gastei o dinheiro do transporte com os livros e agora arrasto os meus pés para levantar a poeira e depois respirá-la. Gosto do cheiro do pó. "Olha como estão esses sapatos", diz a minha mãe enquanto subo as escadas, bato à porta do nosso apartamento e Nancy é quem abre para mim.

— Eu vejo pessoas mortas — digo, e eles não gostam disso. É errado ver pessoas mortas, isso é loucura, somos todos marxista-leninistas agora, ateus, e se alguém está vendo pessoas mortas é porque ficou louco.

— Você quer ficar louco?

— Claro que não — digo, e depois abraço a Nancy, e abraço a minha mãe. Como o lanche que Nancy põe na mesa com um sorriso, agradeço, e vou para o quarto ler Stevenson.

Eu também adivinho coisas. Meu Zeus, eu sei que vou morrer aos dezenove anos, muito longe de Cienfuegos, aqui em Angola, quem vai me matar é o capitão, para que não descubram o que temos, vejo isso nos seus olhos, no seu bigode, na forma como ele olha para mim.

— Ninguém deve saber nada sobre o que temos, hein, Olivia Newton-John? — diz ele enquanto me ajoelho para chupá-lo. — Sabe que te mato, não ouse arruinar a minha trajetória combativa porque te mato como um cachorro, entendido?

— Sim — digo, e deixo o membro do capitão entrar na minha boca, depois cuspo o que ele deixa dentro dela, me levanto e olho pela janela, de onde não consigo ver o mar, só a terra vermelha e quente de Angola.

— O que você está fazendo acordado tão cedo? — minha mãe me pergunta, atrás de mim. — Perdeu o sono?

— Sim, perdi o sono.

Acontece que estou vendo como as balas atravessam meu corpo, como caio morto muito longe dela e do meu pai, que saiu e ainda não voltou. Eu sei onde está o meu pai, ele está com a russa, a professora de inglês que conhecemos na praia de Rancho Luna no dia em que um resfriado impediu que minha mãe nos acompanhasse, e então meu pai nos levou no velho Chevrolet e, mal eu e o meu irmão vestimos as nossas sungas, mergulhamos na água quente em um único grito de alegria, e quando saímos, meu pai estava sentado na areia, conversando com uma mulher alta e loira que formava um contraste estranho com ele, porque a mulher era fina e tinha as mãos bem cuidadas e as mãos do meu pai estão sempre sujas. Ele nos apresentou a ela e acabou que a mulher era russa e o seu nome era Liudmila.

— Como a Gurchenko — especificou meu pai.

Muito estranha essa russa, tinha uns olhos amendoados, imensos e de um azul tão escuro que pareciam pretos. Ela nos deu um beijo, em mim e em meu irmão, nas nossas caras molhadas, e perguntou em que ano da escola estávamos e se gostávamos de ler.

— Quero um lanche — foi a resposta do meu irmão.

— Quinto ano — eu disse. — E sim, eu gosto de ler.

— Quinto ano? — a russa ficou espantada. — Parece mais novinho.

— Sim, ele é um pouco anão — disse meu pai e soltou uma risada. — Ele puxou a mim, mas um homem não é medido da sua cabeça para o céu, e sim do céu para a sua cabeça.

— E a mulher? — perguntou a russa, que estava usando um biquíni rosado tão pequeno que todos os homens que caminhavam pela beira da praia viravam a cabeça para vê-la melhor, e os olhos de meu pai estavam tão abertos que parecia que o mundo caberia dentro deles.

— Quero um lanche — insistiu o meu irmão, e meu pai, que estava nu da cintura para cima, mostrando os músculos de ex-ginasta, tirou sua carteira do bolso da calça jeans e estendeu cinco pesos para meu irmão e para mim.

— Vão para a lanchonete e peçam o que quiserem... Toma conta do Raulzito — disse ele então ao meu irmão, que já vai fazer catorze anos e por isso pensa que é um homem e, quando estamos sentados na lanchonete, ele me diz que a russa é uma puta e que o papai é um filho da puta. Ele diz isso sem rancor nenhum, como se estivesse afirmando um fato preciso. Comemos croquetes e tomamos iogurte, e quando voltamos para a areia, a mulher alta e o papai ainda estão conversando, então meu irmão lhe dá o troco dos cinco pesos e nós corremos para a água. Eu mergulho, meu Zeus, e quando estou no fundo, abro os olhos, e vejo um peixe que se aproxima e ele me olha e eu sonho que sou esse peixe e que um menino chamado Raul está olhando para mim, e me sinto um pouco afetado pela transmutação das coisas e dos seres, mesmo que eu não conheça a palavra, sou apenas um menino de dez anos que foi à praia e que quando finalmente emerge do fundo, vê que seu pai está falando com uma mulher desconhecida.

— Bico calado com a mamãe, sejam homenzinhos — diz meu pai, quando subimos no Chevrolet. Se vocês falarem alguma coisa, nunca mais levo vocês à praia.

— Não nos ameace — diz meu irmão. — Vinte pesos e eu não falo nada para mamãe.

— Você acha que pode me chantagear, seu merdinha? — diz meu pai, mas logo depois sorri e estende os vinte pesos. — Tá ficando muito espertinho.

Se eu fecho os olhos, posso ver como ele se deita com a russa e faz algo em seu corpo que eu, com meus dez anos de idade, não sei bem o que é, mas não conto à minha mãe porque sei que ela não vai gostar, e ela também já tem problemas suficientes para ainda escutar as histórias de meu pai e de Liudmila, que então aparece em um dia quente com um prato de batatas na manteiga e diz que é uma receita da avó dela da Ucrânia, e sorrisos vêm e sorrisos vão, e ela coloca a mão na minha cabeça e olha para José de longe, como se ela estivesse com medo dele. Meu irmão tem má fama, e a russa o respeita. Meu pai lhe sussurrou que ele é um menino difícil e que está a apenas um passo de entrar no internato para melhorar a sua conduta. Ela se dá melhor comigo, eu sei como ela vai morrer, infarto do miocárdio seguido de um diabetes fulminante, em 2011, quase aos setenta anos de idade, em um bairro suburbano de Volgograd, antiga Stalingrado. Aos dez anos de idade, posso ver a morte da russa, posso ver como ela abre a boca pedindo água a Serguei, seu neto adolescente, que não lhe traz. A russa, além das batatas cozidas com manteiga, leva algo para José e para mim, um livro de Pushkin que ela coloca nas mãos de minha mãe como se fosse um grande tesouro: minha mãe dá uma grande risada ao folheá-lo porque o livro está em russo.

— Eles não vão entender nada, Svetlana — diz ela, embora saiba muito bem que a russa se chama Liudmila.

Minha mãe é assim, em capacidade de sacanear, ninguém pode vencê-la.

Minha mãe é secretária de um chefe que a faz se sentir importante, mais importante pelo menos do que meu pai, que é um simples mecânico funileiro que volta para o apartamento quase sempre tarde e um pouco bêbado, com seu macacão tão sujo de graxa e combustível que mamãe tem muito trabalho para deixá-lo impecável. Meu pai lhe pede para não lavar, para deixá-lo assim, mas minha mãe passa suas manhãs de domingo esfregando com sabão essa rústica roupa de trabalho.

Em cima da estante da sala, meu pai guarda as medalhas de seu tempo de ginasta e uma foto em que ele pode ser visto de pé no pódio de uma competição de jovens atletas do campo socialista.

Na hora do almoço, nós quatro nos sentamos à grande mesa da sala de jantar e minha mãe insiste que usemos todos os talheres, mas meu pai está satisfeito só com uma colher.

— Você não é um bom exemplo para seus filhos — diz minha mãe.

— Não, não sou — admite ele — sou um animal, não sou como seu chefe, aquele mulato.

Meu pai odeia Ricardo, o chefe de minha mãe, que às vezes aparece em casa com uma garrafa de vodca como presente para agradecer à sua secretária por tanta dedicação. Os olhos da minha mãe se enchem de água quando ela recebe a garrafa, mas ela não chega a provar. Meu pai bebe a garrafa toda sem sequer agradecer. Ela é tão ingênua que permite ser apresentada à russa sem que lhe passe pela cabeça que essa mulher, tão fina e elegante que até parece ter saído de uma revista europeia, veria alguma coisa em um selvagem como meu pai.

Meu pai se chama José Raul Iriarte Gómez e nasceu em Placetas, um vilarejo cheio de caipiras ressentidos de origem espanhola que odiavam a si mesmos por terem ficado na cidade e ao mesmo tempo invejavam aqueles que foram embora. Meu avô se chamava José Ignacio e era um destemido apostador de briga de galos, e também trabalhador agrícola. Minha avó Carmen falava galego e cultivava repolhos e alfaces que depois vendia por toda Placetas. Além do meu pai, ela teve outros quatro filhos, todos eles com o primeiro nome José, e todos eles, exceto meu pai, tiveram mortes violentas. Os dois mais velhos se juntaram ao exército rebelde de Cuba. José Eduardo foi pego a caminho da Sierra Maestra por um pelotão de guardas rurais e foi metralhado na beira da estrada. José Roberto foi morto em Santa Clara na apreensão do trem blindado. Os outros dois foram mortos pelo mesmo marido que encontrou José Ricardo, o mais jovem, dormindo com sua esposa, enquanto José Felipe, o outro irmão, estava de guarda, tocando violão e cantando uma *ranchera*, com as costas apoiadas na parede de trás da casa. Ele não deve ter sido um sentinela muito bom porque não ouviu quando chegou o homem conhecido em Placetas como "Juan Acaba Festas".

— É porque a faca cortou o rim de José Felipe — o médico disse à minha avó —, senão ele teria sobrevivido.

Já a José Ricardo, o ciumento cortou a jugular, e deu tantas facadas na esposa que o perito teve uma síncope e quase morreu quando viu aquela mulher morta tão cheia de sangue que arrepiava, segundo conta meu pai quando fica bêbado e sente saudade dos irmãos. Às vezes meus avós só tinham para comer creme de milho temperado com sal e um pouco de molho de tomate, se fosse a estação do tomate. Quando a revolução triunfou, meu pai, que já era adolescente, se dedicou ao esporte e à mecânica, e depois comprou um Chevrolet de um desses burgueses de Punta Gorda que emigraram assim que souberam que a pequena Cuba, a bela, estava entrando de cabeça no comunismo.

Minha mãe se chama Mariela Fonseca Linares, e nasceu em Cruces, que naquela época não era a aldeia imunda que se tornou posteriormente, e sim uma pequena cidade próspera, com vários jornais, estações de rádio e uma vida cultural que fingia ser ativa. A mãe da minha mãe, Elena Elisa Linares Argüelles, se casou com um mulato clarinho chamado Eduardo Fonseca Escobar, membro do Partido

Socialista e advogado, que se formou numa dessas universidades do sul dos Estados Unidos onde só estudam negros. A família da minha avó, fazendeiros de latifúndios açucareiros conhecidos em toda a província de Las Villas como "os Linares", nunca a perdoou por esse amor infeliz e a deserdou, por isso a minha avó se tornou professora e, juntamente com o marido, construiu uma pequena casa de madeira que ainda está de pé lá em Cruces. Tiveram filhas gêmeas. A minha tia Nancy nasceu muito loira e de olhos azuis, como eu, e a minha mãe era tão morena que seu apelido na escola era cigana. Elas eram muito apegadas, e quando a minha mãe se mudou para Cienfuegos, a irmã se mudou também e viveu conosco até ter um câncer e morrer. Eu tinha onze anos quando a Nancy morreu e minha mãe nunca mais foi a mesma. Nem eu.

Eu era tão parecido com a Nancy que parecia ser mais filho dela do que da minha mãe.

— Volto e repito que se alguém descobre alguma coisa sobre o que temos, te mato — arremata o capitão, que, em frente ao espelho, ajusta seu chapéu militar, arruma a pistola no coldre e, antes de sair para verificar os postos, olha para as fotografias de Che, Fidel, Raul e Camilo, um a um, como se fossem ícones.

Depois, ele me diz:

— Prepara o relatório, eu preciso dele para amanhã.

Tenho que ir ao alojamento, pegar minha escova de dentes e lavar a boca. Não aguento o sabor de sêmen na boca. Mas preciso ter cuidado: Carlos, o sargento de Matanzas, está de olho em mim. Ele prometeu que me daria uma boa surra para que eu deixasse de ser bobo e começasse a encontrar um jeito de conseguir a chave do depósito de comida para ele e seus capangas. Não posso fazer isso. Eu também sinto fome, mas não posso fazer isso, tenho que ser cuidadoso, porque se o capitão descobre, me manda direto à prisão, e logo com os outros soldados, que voltarão a me chamar de Marilyn Monroe e coisas do gênero, e voltarão a me vestir de mulher nos dias de folga, e eu não gosto, já não gosto mais.

— Eu sou Cassandra — disse a eles uma vez —, Cassandra, que nasceu de novo depois de cinco mil anos, quando já nem Troia nem a Hélade existem mais.

— Cassandra, que nasceu numa ilha no meio dos trópicos, esse sou eu. Cassandra, ainda condenada a conhecer o futuro e a que ninguém acredite nela — insisti, porque tinha bebido muita aguardente angolana que tinha subido à cabeça, e Carlos disse:

— Não, você é a maldita da puta da Joana d'Arc que vai salvar todo mundo de todos os desgraçados mercenários da UNITA e da África do Sul.

Os outros riram da piada. Então ele me disse:

— Na verdade, você é o cavalo do Átila; por onde você passa não cresce mais planta nenhuma.

E com um empurrão me jogou no chão, abriu a braguilha, tirou o pênis e já estava para mijar na minha cara quando Agustín disse:

— Ei, Carlos, deixa ele em paz, é um infeliz, não abusa.

Agustín é de Cienfuegos, assim como eu, e passamos juntos os preparativos da partida em San Miguel antes de embarcarmos para Angola. É um negro retinto e grande, como Carlos.

— Estamos apenas brincando, ele precisa aprender a ser mais forte — diz Carlos olhando para Agustín com algo que só finge ser um sorriso.

— Essas coisas não são brincadeiras — diz Agustín. — Levanta, Raul, você não pode deixar que te humilhem assim, você é mesmo cubano? O que está acontecendo com você? Caralho.

— E você passou de um santinho de Las Casas para virar a Marilyn Monroe. Quem diria, não esperava isso de você, cienfueguero.

— Ele é cubano como a gente, se fodemos com ele, vão foder com a gente também — disse Agustín e estendeu a mão que eu agarrei para me levantar.

Eu estava tão bêbado, aquela foi a primeira bebedeira da minha vida. Os olhos de Agustín estavam cheios de lágrimas.

— Se os negros descobrem o que fazemos com um dos nossos, um de nós vai virar mulherzinha deles.

Os negros são os angolanos. Os angolanos têm olhos nas nucas, estão sempre lá, mesmo quando não estão. Os angolanos não gostam da gente, mesmo que digam que sim e sorriam e digam que Cuba e Angola são uma só nação e um só povo e que Fidel e Agostinho Neto levantam as mãos juntos. Eles nos odeiam, pensa o capitão.

— É por isso que temos de ser muito decentes com eles, muito corteses, para conquistá-los, para que compreendam a generosidade da nossa causa, que viemos até aqui, o cu do mundo, para cumprir o legado internacionalista, para retribuir com juros tudo o que outros povos fizeram por nós quando precisamos, entenderam bem? — diz ele, em uma manhã de muito sol, de pé na plataforma de madeira improvisada, rodeado pelo alto escalão do batalhão.

É talvez a terceira vez que ele olha para mim não mais como um soldado, mas como o leão olha para a leoa, como meu professor de literatura do décimo ano olhou para mim quando me levou para sua sala e me emprestou vários romances proibidos, com a única condição de que eu cuidasse bem deles, que os encadernasse com folhas de revistas velhas para que ninguém os visse. "Você vai ser um escritor", disse ele, embora agora seja um soldado da pátria que está muito longe de Cienfuegos e do seu mar azul, muito longe de tudo, em um continente cheio de fantasmas, fantasmas de reis, fantasmas obscuros de feiticeiros obscuros, fantasmas que me reconhecem porque regressei ao solo de África.

— Você é Cassandra — dizem os espectros, enquanto ouço a voz do capitão, de pé diante do batalhão que, em posição de sentido também, o ouve com atenção. A mesma voz, monótona, desiludida, que vai me sussurrar "Olivia Newton-John" à noite, agora diz:

— Se eu descobrir que vocês vão para o barraco, vocês vão ver só, quem quer que saia sem a devida permissão será acusado de desertor, então já sabem.

Eles vão para o barraco para transar.

— As angolanas transam em troca de uma lata de carne processada ou de leite condensado, mas estão todas doentes — é isso o que vai me dizer o capitão mais tarde, quando me penetrar pela primeira vez e eu gritar com uma dor seca, parecida à morte. — Eu gosto mais é do teu rabinho branco — continua ele —, é quentinho e apertado, fala para mim daquele poeta vai, lembra dele? Aquele que você me comentou na outra noite, Virgílio alguma coisa...

— Piñera.

— Ele é bichinha também? Você tem que confiar em mim, Raulzito, eu sei que você sabe quem são os soldados que escapam para o barraco para foder com as negras, você tem que me contar. Isso acaba com a moral combativa e eles podem ser mortos, pegos por uma emboscada do pessoal da UNITA e aí é adeus para os *cubanitos*, não que seja muita perda, mas eles estão sob minha responsabilidade.

— Não sei — digo.

— Como é que não sabe? — ele pergunta e dá um tabefe na minha cara com a mão aberta, para não deixar marcas. — Fala ou eu te mato.

Ele saca a arma e a enfia na minha boca.

— Fala, filho da puta, quem é o chefe aqui, porra? Se eu te digo que é pra falar, tem que falar. O Carlos é um deles?

Nego com a cabeça, com os olhos cheios de lágrimas, nego. Penso que não estou na violenta terra de Angola, penso que não atravessei o mar num navio de marinheiros russos que me lembravam a Liudmila, penso que entrei na universidade e que estudo Letras e que li T. S. Eliot, penso que estou mais uma vez inclinado na varanda para olhar o mar. Dói a arma na boca, mas eu não tenho medo, eu sei que não é o dia da minha morte. Sei o que vai acontecer hoje, mas não posso evitar. Sou Cassandra, e se eu contasse ninguém acreditaria, hoje a UNITA atacará a unidade com um desses morteiros portáteis de 80 milímetros que carregam sobre os ombros por quilômetros e quilômetros, sei que haverá apenas um morto, o tenente Andrés Martínez, um político do batalhão, recém-graduado em jornalismo, que, por azar, acabou numa unidade de combate transferida para a República de Angola. Martínez será cortado em dois pelo tiro desse pequeno canhão, e só encontraremos metade do seu corpo, a outra metade terá desaparecido no grande nada ou será levado pelas hienas. Terei de escrever à mãe de Martínez, para contar a ela que seu filho morreu como um herói, cumprindo o dever mais sagrado de um jovem internacionalista. Eu sei de tudo isso. A revelação chega enquanto o capitão geme nas minhas costas, vejo-o na neblina, vejo o olho dourado-escuro do jovem que carrega o morteiro nas costas, vejo as queimaduras e os machucados nos seus antebraços causadas pelo canhão da arma quando dispara, que por causa disso quem assume é um atirador especializado, apesar da sua juventude, condecorado pelo próprio Jonas Savimbi. Sinto sua respiração que se mistura com a respiração do capitão, vejo Martínez e seus olhos azuis de residente de Miramar e o sorriso de politiqueiro barato que, de manhã, antes da preparação combativa diária, costuma contar do assalto ao quartel Moncada e que a história me absolverá, e depois sobre Napoleão Bonaparte, Aníbal e Cipião Africano e outras pessoas que ousaram vir e pisar o solo de África, e depois se empolga quando se dá conta que pode deixar Fidel e o seu ridículo quartel, para se concentrar na Cleópatra, Marco Antônio e Júlio César, aqueles domadores de negros, diz ele e sorri para fazer disso uma brincadeira, porque Carlos, Agustín, Roberto e Ramiro são negros retintos e, além disso, a unidade está cheia de sararás e mulatos. Penso que se eu tivesse coragem de implorar ao capitão para que tirasse o pênis do meu ânus, mesmo que ele me batesse com uma das suas curtas mãos, mas grossas e de dedos grandes que me lembram tanto as mãos do meu pai, e que ele voltasse a colocar o cano da pistola na minha boca, eu correria para avisar o Martínez. Eu chegaria em frente a ele, bateria continência e, depois do "com a sua permissão, meu tenente", diria:

— Aproveite a vida hoje, beba a garrafa de vodca russa genuína que você comprou em Luanda e corra ao barraco para trepar porque é seu último dia na terra.

Eu não diria "vim para salvá-lo", porque sei que o destino de cada um está fixado no céu com caracteres indeléveis e não há como escapar. Por isso, quando acabava de completar dezessete anos, com os estudos preparatórios terminados e os estudos de Letras me esperando, fui convocado para a comissão médica do Comitê Militar e tive que tirar a roupa, ir de médico em médico, mostrar meu pênis e meu ânus e me sentar em uma cadeira onde antes de mim muitos jovens nus tinham colocado suas nádegas, e um coronel de traços orientais, vendo minha inapelável feminilidade, me perguntou se eu era homossexual, eu balancei minha cabeça em negação com firmeza e não apenas por medo das consequências, mas porque eu sabia que meu destino era estar aqui em Angola e morrer no Velho Mundo onde tudo começou, meu Zeus, onde pela primeira vez eu fui Cassandra tanto tempo atrás. Já vai dar meia-noite, o soldadinho da UNITA chegará a menos de quinhentos metros da unidade e preparará o morteiro.

— Não foi sempre assim — diz minha mãe a Liudmila quando eu voltei a fugir da escola e a russa foi me procurar no *malecón* de Havana em seu Lada azul e me viu ali, sentado, olhando para o mar e me chamou com sua voz cheia de erres.

— Raurrito.

Ela então saiu do carro, se sentou ao meu lado e me falou sobre o mundo e foi estranho, porque eu coloquei minha mão sobre a dela e me senti muito próximo da russa infame que quer tirar meu pai da gente e que agora me diz:

— Vamos voltar porque estão todos muito preocupados — e eu entro no carro e volto e já tenho onze anos e meu irmão José e meu pai me esperam na sala e dizem:

— Parabéns, Raulzito! — E eu sorrio porque é meu aniversário e a russa está se achando uma heroína porque conseguiu me levar de volta para casa inteirinho, sem perder um fio de cabelo sequer.

— Por que você não foi à escola? — meu pai pergunta.

— É meu aniversário.

— O dever vem primeiro — diz ele e sorri.

Meu pai não gosta de mim, posso ver isso nos gestos meio envergonhados dele, no olhar cansado, na maneira desajeitada como ele acaricia minha cabeça. Meu pai sabe que eu sei do seu segredo, ele não sabe como eu o sei, mas ele sabe que eu sei. Minha mãe também sabe disso, minha mãe mostra seus dentes muito brancos e diz:

— Parabéns, Raulzito.

Minha mãe está usando um vestido florido, é um vestido russo, as sandálias da minha mãe são russas também, e ela mesma parece uma russa porque pintou o cabelo de loiro sem se dar conta de que ela está imitando a Liudmila, é tudo muito estranho. Até eu pareço mais russo do que cubano, porque sou loiro demais, feminino demais e branco demais para o sol tropical.

— Você me lembra Julien Sorel — diz a russa, do nada. — Você parece um francesinho do século dezenove de tão delicado.

Liudmila acaricia meu rosto. Meu irmão José olha ferozmente para ela. Meu irmão José olha ferozmente para todos, ele é assim. Morrerá aos trinta e cinco anos em um acidente de moto, longe daqui, no Nebraska, ou seja, meus pais vão viver mais que nós dois, eles ainda não sabem, todos nós parecemos tão felizes e tão jovens, e a russa me trouxe um presente. *Guerra e Paz*, de Lev Tolstói.

Vi como Osá, a das sete saias, disputava com Anúbis pela alma de Martínez até que a alma foi dividida em duas e uma metade foi para o Nilo e a outra para as cataratas do Lago Victoria. Mas o corpo de Martínez foi deixado lá no perímetro, muito próximo dos alojamentos. Faltavam as pernas, e quando amanheceu continuava sem elas. Os que tinham ido caçar o atirador de morteiro voltaram. O capitão estava à frente e tinha os olhos lacrimejantes.

— Apanhamos, porra, se os sul-africanos não tivessem chegado, eu teria metido bala em todos aqueles negros de merda — disse o capitão, e Martínez não estava mais lá para lhe dizer que não era político falar daquele jeito, que isso afeta a moral da tropa. Com Gilberto, Ernesto, Amado, Sergio e Raymundo, os cinco tenentes e comandantes das companhias à frente, a tropa mantinha seus fuzis prontos como se de cada canto escuro, atrás de cada colina ou árvore, fosse sair de repente um atirador de morteiro apontando o canhão em nossa direção. Eu não, eu não tenho que ir buscar meu fuzil, eu sou a princesinha da unidade, eu escrevo relatórios e também escrevo avisos funerários e obituários. Meu uniforme está bem verdinho, quase igual a quando me deram em Cuba, o capitão gosta que eu esteja bem arrumado, se dependesse dele ele até me deixaria ficar com o cabelo comprido, quase nos ombros, para que eu realmente pareça uma garota, mas ele não se atreve tanto, podemos ser fuzilados se descobrirem o que fazemos, ou melhor, o que ele faz comigo, porque o capitão tira a minha roupa sem que eu lhe peça, me obriga a me ajoelhar, chupá-lo e então ele me penetra de uma só vez e me chama de cuzão e de arrombado e diz que eu me pareço muito com ela, sua amada esposa que está em Cuba e está esperando que ele volte para que ele possa engravidá-la e depois construir uma casinha em Gibara, a vila mais linda de Holguín, que tem um *malecón* semelhante ao de Cienfuegos, mas não tão grande. Ele me conta tudo isso enquanto me penetra e leva muito tempo para chegar ao orgasmo, pois não consegue se concentrar. No fundo, ele me odeia, ainda que eu seja sua princesinha.

Eu não gosto de ser a princesinha do capitão.

— Você é a putinha do capitão, não é? — Carlos sussurra quando nos encontramos no restaurante dos soldados.

Ele está tão perto de mim que eu posso sentir sua respiração no meu ouvido.

— Não dá para confiar em você, e não abra o bico para falar sobre mim, bichinha, que uma bala pode escapar para qualquer lado.

Eu assinto com a cabeça. Ele sabe que sou diferente, é por isso que me trata assim. É meio bruxo, o Carlos. Está na terra de seus antepassados, o que aguça seus sentidos, e ele bem sabe que estamos em sintonia. Ele é o meu chefe imediato porque estou em seu esquadrão de infantaria e em sua folha de pagamento. Quando me viu pela primeira vez, ele riu.

— Estão forçando a barra, você não é um soldado, mas nunquinha, você é carne de canhão... a menos que você saiba caratê. Sabe caratê?

— Não — respondi e ele me olhou com um desprezo tão concentrado que foi quase amor.

— Vamos comprovar isso — disse ele. — Me dá um soco!

Apertei meus lábios e neguei com a cabeça.

Tínhamos acabado de chegar de Luanda em um enorme caminhão ZIL de guerra, Agustín, Johnny, o roqueiro, e eu. Era sábado e eu mal conhecia o Carlos Valdivia, meu sargento, e ele já que queria me mostrar que eu não era um soldado.

— Se você não me bater, quem vai te bater sou eu — disse ele depois, e os outros recrutas riram.

Sem camisa, eles tinham jogado vôlei, futebol e beisebol até aquele momento. O capitão não estava. Nenhum oficial estava presente. Os soldados pararam de jogar e foram nos cercando. Ninguém disse "deixem disso, cavalheiros". Ninguém queria cair no braço com o sargento Carlos Valdivia, cujos músculos hipertrofiados do braço e o nariz quebrado mostravam que tinha sido um boxeador.

— Eu não te conheço — disse a ele, por fim —, mas sou um soldado da pátria, vim por Sara González e sua canção sobre os heróis... *Y que viven allí, / donde haya un hombre presto a luchar / a continuar*.

— Você está me zoando? — Carlos perguntou, mas depois desatou a rir. — Já temos um cantor.

A TERRA VERMELHA de Angola está cheia de fantasmas.

— Os bruxos e as bruxarias de Angola são deuses mortos — diz o capitão. — Viemos aqui para implantar o marxismo-leninismo e para pôr um fim à exploração colonial.

Ele diz essas coisas olhando para um grupo de jovens soldados da FAPLA, que vieram para aprender com a gente. Eles mal entendem espanhol, mas assentem com a cabeça, apesar de saberem tão bem quanto eu que os deuses estão vivos. Nada que jamais esteve vivo pode morrer, os jovens sabem disso.

Eu não queria que fosse assim tão duro, queria que a minha alma voasse mais alto, que pudéssemos dizer um ao outro aquelas coisas que nunca dissemos quando ele olhava para mim com aqueles olhos onde havia uma luz secreta que eu mal conseguia entender.

— Para que é que você vai? — Roberto me perguntou enquanto nos maquiávamos em frente ao espelho de sua casa.

— É meu dever com a pátria.

— Dever o quê... diga para eles que você é bicha — disse ele enquanto eu passava meu rímel.

— Fica comigo, Raulzito, por favor, você é meu único amigo — ele rogou enquanto eu pintava meus lábios, mas não havia como, os olhos de leopardo já estavam sobre mim, eu fazia parte do leopardo, lá na terra vermelha de Cunene.

— Agora que meus pais foram embora como escória, estou tão só, Raulzito, preciso de você, o que um viado como eu vai fazer da vida aqui, Raulzito, não vá, por favor... Que tipo de soldado é você? Você nem chega a ser um soldadinho de chumbo, por favor.

— Eu tenho que ir... Eu não quero ser Raul, ou Nancy... — eu disse, mas não lhe disse que sabia que ia morrer, isso eu não disse, para quê? É melhor deixá-lo com a ilusão, deixá-lo pensar que há um futuro para a nossa amizade.

Não quero ser Raul, sempre soube disso, sei disso desde criança. Eu não sou Raul, porque sou Cassandra e o sangue de Príamo corre por minhas veias. Os deuses me disseram isso.

— Você está apenas de passagem, você voltará a atravessar o Helesponto e voltará a sacrificar para a gente um boi de longos chifres — me disse Atenas e eu olhei para seus pés calçados em sandálias douradas que traçavam um rastro sutil, invisível para todos, dentro da sala privada de espanhol e literatura, enquanto o professor se aproximava para colocar a mão no meu ombro e me dizer que eu era lindo, quase como uma garotinha.

Atenas está atrás do professor com um sorriso nos olhos de coruja e fala comigo em uma língua antiga que eu compreendo muito bem.

— Você tem que voltar para o velho mundo — diz ela. — Lá na terra do etíope de cabelos vastos, seu tempo nesta era acabará.

Sua voz na minha cabeça era tão alta quanto o tronar da carruagem de um cocheiro conduzida por uma centena de cavalos de fogo. O professor sente que eu vou ficando rígido sob suas mãos e me solta.

— Você está frio, Raulzito. Há algo errado?

Volto para minha casa. Tenho catorze anos e ainda estou doente, deitado na cama, esperando pela volta de Atenas, que venha do Olimpo com seus pés leves e continue me contando segredos de um tempo que já passou.

"Abaixo a escória", diz um cartaz em frente à porta de Roberto. "Abaixo a escória", diz um cartaz em frente à porta do meu melhor amigo que não foi à escola esta tarde porque seus pais estão arrumando suas malas.

Roberto ainda não passou pelo serviço militar e não poderá ir com eles.

— São uns apátridas, traidores da Pátria e da Revolução que lhes deu tudo — grita o professor de geografia que também é o secretário do partido na escola. A diretora está de pé ao seu lado. Alta e magra, ela agarra uma bolsa amarela como se temesse que ela voasse para longe.

— Abaixo a escória! — diz a diretora — Lembrem-se que os ovos estão em promoção, comprem e atirem, é hora de definições e vocês já não são mais crianças... É hora de definições! Abaixo a escória!

— Abaixo a escória! — gritamos em coro alunos e professores.

— Fora, vermes! — grita a diretora.

— Fora, vermes! — gritamos.

Ela:

— Quem não pula é golpista!

Nós:

— Quem não pula é golpista!

Todos saltamos ao mesmo tempo, a escola inteira no ar por um segundo que leva uma eternidade, mas assim que nossos pés tocam o chão, a diretora grita:

— Se vão embora os negros, pela Ku Klux Klan são pegos!

— Se vão embora os negros, pela Ku Klux Klan são pegos!

Uma chuva levinha, só uns pinguinhos, está caindo. O diretor da escola secundária Rafael Espinosa, no centro desse buraco do mundo que é Cienfuegos, termina dizendo em voz alta:

— Acabaram as aulas de hoje, agora vocês podem ir e repudiar o engenheiro Ortiz que traiu a Revolução que lhe deu tudo... Abaixo a escória!

O filho do engenheiro Ortiz é meu único amigo, mas, mesmo assim, eu vou com os outros, caminho ao longo da calçada com os outros e grito com os outros e, com os outros, eu compro os ovos que estão em promoção. É errado o que estou fazendo, eu sei, é errado voltar a nascer, é errado voltar a ser. Vou jogar ovos na família do meu melhor amigo, em uma porta cinza que não se abre. Eles não saem de casa há três dias. O Raul Sem Ossos vai atirar ovos em seu único amigo. Não sou essa pessoa, sou Cassandra e, sim, tenho ossos, estou cheia de ossos que os outros não veem. A russa me vê caminhar para jogar ovos no Roberto, desce do seu Lada e me chama.

— Raurrito, venha aqui.

Eu me separo de meus colegas e atravesso a calçada.

— Aonde você está indo, Raurrito? — diz ela, olhando para a cartela de ovos em minhas mãos. — Isso não está certo, Raurrito, o socialismo não se constrói atirando ovos.

"E como ele é construído?" Tenho vontade de perguntar isso, mas não pergunto, só fico olhando para os olhos dela, de um azul muito escuro.

— Você leu o livro? — pergunta ali, no meio da rua, enquanto meus colegas de classe gritam:

— Abaixo a escória, abaixo a escória!

A russa tem algo de escória dentro dela, ela está usando uma calça jeans apertada agora que é perigoso andar com calças jeans apertadas, não me convém ser visto com a russa e menos ainda enquanto meus professores olham para trás enquanto andam, e o chefe do meu destacamento da Federação de Estudantes do Ensino Médio também olha para trás, como se dissesse "o que ela quer com o Raulzito que não tem ossos", "será que ela é uma agente da CIA?"

— Você gostou? — insiste a russa.

— Sim, Svetlana.

— Você sabe muito bem que meu nome é Liudmila, já estamos há anos nisso, você tem que aprender a me aceitar, Raurrito... você não tem que ir, você não é obrigado.

— Eu sei, eu quero ir.

— Você parece um herói — diz minha mãe quando já estou naquela unidade conhecida como "a Prévia", na qual soldados novatos passam seis semanas de treinamento militar intensivo e aprendem a usar o fuzil, a marchar e a obedecer.

Minha mãe olha para mim com olhos emocionados.

— Você já está todo um homem — ela diz, me abraça e chora um pouco.

A russa e o papai também vieram. Logo parto para Loma Blanca, onde farão o último check-up médico, entregarão uma muda de roupa de civil e uma chapinha com meu nome impresso para que eu possa morrer a salvo, sabendo que estou identificado, e depois é só pegar o barco e ir para Angola. Liudmila me trouxe um pão que ela mesma assou, meu pai trouxe uma garrafa de vinho búlgaro e minha mãe, uma panela de arroz com frango. Chamo Agustín para compartilharmos a comida. Ele se recusa no início, mas por fim aparece.

— Que rapazinho tão bonito — diz a russa e meu pai olha sério para ela.

— Você não deveria ter trazido a Svetlana — diz minha mamãe sem olhar para ela —, eu não sei o que ela está fazendo aqui, este não é filho dela.

— Desculpe, Mariela, mas ninguém me trouxe aqui — diz a russa. — Eu vim sozinha, tenho pés.

— Ninguém falou com você, Svetlana — responde minha mãe.

— Estes são meus últimos dias em Cuba — digo — e quero passá-los com paz e sossego.

— Sim — diz minha mãe —, mas tem gente que não se põe no próprio lugar, parece que na Sibéria eles não são muito bem ensinados...

— Por favor, Mariela, basta — repreende meu pai. — O menino está nos deixando e você...

— Em três semanas navegaremos até Angola — interrompe Agustín, que se sentou entre mim e meu pai, incapaz de manter os olhos longe do arroz com frango.

Somos as únicas pessoas de Cienfuegos na unidade preparatória. Os outros são de Villa Clara, Camagüey, Sancti Spíritus. Há até dois rapazes de Granma.

Estou quase em Angola já, vou encontrar minha morte. Apolo me leva, ele não deixa que Atenas me proteja. Vou atrás das sandálias do deus, que me aparece em sonhos toda vez que me deito na minha rede de soldado. Ele é negro, alto, atlético e faz-se chamar Xangô. Ele olha para mim com os olhos enevoados e diz:

— Oh, filha de Príamo, eu te encontrei e agora nada pode te proteger de minha ira.

Estou sentado diante de meu pai que, com seu braço em volta dos ombros da russa, me olha com um sorriso, talvez de compaixão. Não consigo evitar saber como morrerão meu pai, minha mãe e meu irmão, que agora está lá em Cienfuegos, embebedando-se com rum caseiro diluído em suco de laranja enquanto ouve Pink Floyd. Eu sei como eles morrerão, muito tempo depois da minha morte, e meus olhos se enchem de lágrimas e digo:

— *Hay, madre, en este mundo un sitio que se llama París. Un sitio muy grande y lejano y otra vez grande.*

— César Vallejo — diz Liudmila, que sabe tudo, e depois me diz que quando eu voltar ela me dará de presente um livro muito bonito de um escritor que eu não conheço, e que eu vou gostar quase tanto quanto gostei de *Guerra e Paz*.

— Mikhail Bulgákov, se chama ele.

Então minha mãe serve o arroz com frango, mas não o oferece à russa, que se afasta, séria, e acende um cigarro, e meu pai também se levanta e vai se juntar a ela, e ficamos Agustín, minha mãe e eu sentados nos bancos, ao lado do canteiro de rosas.

— Não sei como ele pode trazer essa puta — minha mãe sussurra, e eu quero dizer a ela que não pense em Liudmila, para pensar em mim, para olhar bem para mim porque ela está me vendo pela última vez em sua vida, que logo mais eu serei cinzas e nada mais fará sentido, pois eu serei Cassandra novamente, e que se nos encontrássemos novamente em outra era, ela não me reconheceria. Quero dizer isso a ela, mas não digo, eu vou embora. Estão me levando para Angola, sou apenas mais um soldadinho de chumbo, sou carne de canhão.

CHOVE NOVAMENTE. CHOVE sobre a terra de Angola e tudo passa a ter a cor dos olhos daquele leopardo que o capitão matou por ter entrado na aldeia para caçar um bezerro. Os olhos de Martínez também se parecem com os do leopardo. Devo escrever uma carta dizendo que o tenente Alfredo Martinez morreu cumprindo o dever mais sagrado para um jovem cubano, o dever internacionalista. Devo escrever isso a uma mãe que a receberá, lá em Miramar, e ficará sem palavras olhando para uma folhinha de papel amarelado. Devo escrever para ela hoje mesmo, para que o capitão, meu capitão, assine a carta pouco antes de me penetrar, pouco antes de se afundar em Cassandra como alguém que chega em um porto seguro.

Aqui na África os deuses não se disfarçam. Posso ver Apolo, vejo-o com seus arcos e suas flechas, orgulhoso de sua glória, vejo-o caminhando ao meu lado quando entramos no mato, fuzil a postos. Em breve estarei morto, Apolo sabe disso.

Nasci com os olhos abertos, roubava as roupas de minha mãe, me maquiava em frente ao espelho e eu queria me parecer com minha tia Nancy, que naquele momento estava mais do que viva e costumava sair com um engenheiro búlgaro que falava espanhol de um jeito muito engraçado e nos visitava levando uma garrafa de vinho moldavo debaixo do braço para os meus pais e um pacote de chocolate para meu irmão e para mim, e logo depois ele ia embora com minha tia, que nos dava um beijo antes de sair, e meu pai murmurava bem baixinho que Nancy era a estranha da família e que, de volta à Sófia, ela ia morrer de frio e seria bem merecido por ser tão desequilibrada.

— Eu queria apresentá-la a um amigo meu, um tremendo de um mecânico, com carro e tudo, e ela preferiu este bulgarozinho meio afeminado.

— Ah, cala a boca, José Raul — dizia minha mãe. — Deixa a minha irmã em paz, que não me meto com a sua família.

Quando eu estava sozinho com a minha mãe, eu entrava no quarto de minha tia, abria as gavetas da penteadeira dela, que sempre tinha um cheiro longínquo a perfume, e procurava uma blusa que me servisse de vestido, depois ficava em frente ao espelho, me maquiava e, no maior silêncio, ia até o quarto que dividia com meu irmão e ficava lá, sentado de pernas cruzadas, na cadeira de balanço que meu pai tinha feito para mim, esperando que minha mãe deixasse as tarefas domésticas para investigar o que era todo aquele silêncio que se instaurava.

— Mas Raulzito...

— Eu quero ser a tia Nancy.

— Tira tudo isso já, por favor, você vai ser ator e, sim, você é a cópia exata da Nancy com o mesmo cabelinho loiro e os mesmos olhos tão azuis e tudo, mas se apresse, meu filho... comece a fazer algo útil, comece a brincar de policial ou de vaqueiro, vamos lá, que seu irmão está chegando e eu não quero que ele te veja assim, é capaz que ele diga a seu pai e você sabe como ele é: um cavalo bruto.

Meu pai está na safra dos anos 1970, é daqueles que diz que “os dez milhões vão chegar”, quando eu sei que eles não vão, não vão receber esses milhões de toneladas de açúcar, nem de nada. Eu sei disso, porque sou Cassandra. Meu irmão tem doze anos de idade e está sempre furioso por alguma coisa que nem minha mãe nem eu sabemos. Pode-se ver a fúria na forma como ele olha para tudo, com um ódio concentrado e visceral. Sempre achei que meu irmão acabaria matando a família, que um dia morreríamos esfaqueados em nossas camas, achei isso até ter a revelação de como todos morreríamos e de que eu morreria aqui na África, nas fronteiras do Velho Mundo, o que de certa forma seria um retorno a Ílion, onde os velhos deuses estariam me esperando, e também os fantasmas de meus amantes Agamenon e Ájax, aquele que nunca deveria ter me arrancado da estátua de Atena quando a abracei; Ájax, aquele que tomou à força o que eu lhe daria de boa vontade e que me apareceu à distância assim que desembarquei aqui em Angola, difuso sob a luz da África, para me dizer:

— Oh, Cassandra, filha de Príamo, você voltou.

Eu tinha quatro anos de idade quando tive a minha primeira revelação, estava brincando no quintal e depois vi como as linhas do piso quadriculado do meu quarto se alinhavam sem se cruzar, todas elas eram paralelas, juntas eram como as ondas de um rio que não levava a lugar nenhum. O rio era o Aqueronte, agora eu sei disso, e do nada, navegando nesse rio, apareceu o barco mais antigo do mundo dirigido por um barqueiro com uma barba sem fim que levantou a mão cheia de pardais e me perguntou:

— Cassandra, você tem o óbolo?

Eu abri a minha boca e Caronte pegou a moeda que alguém havia deixado sobre minha língua.

Então, em uma tarde muito quente, enquanto as outras crianças da pré-escola me cercavam e gritavam "viadinho" para mim, alguém apareceu, sorriu, e eu sabia que ela era uma deusa porque só uma deusa poderia, com o simples sopro de seus lábios, afastar as crianças, metamorfosear as crianças em cães por um minuto e fazê-las fugir com o rabo entre as pernas. Vinte crianças foram destinadas ao psicólogo, graças à magia da deusa que se agachava, acariciava minha cabeça e me dizia que em Cuba a chamavam de Obatalá.

— Mas eu sou Atenas e nasci dançando uma dança guerreira...

— Atenas?

— Olha bem para mim, Cassandra, você não se lembra?

— Eu sou Raul.

— Não, você é Cassandra, lúcida em adivinhações, vá e diga à sua mãe para comprar-lhe a *Ilíada* e você entenderá e saberá quem eu sou e, acima de tudo, saberá quem você é. Diga a ela que publicaram esse livro em uma edição cubana e que está em todas as livrarias e que há também o livro de meu amado Ulisses, mas que você deve começar pela *Ilíada*.

Quando ouvi o nome de Ulisses, estive a ponto de vomitar, senti uma aversão tal que tive que colocar minhas mãos na boca e fechar os olhos, e quando os abri, a deusa tinha desaparecido e eu estava sozinho no parquinho da minha escola e a professora vinha correndo na minha direção.

— O que você fez com eles? — gritou comigo a professora.

— Nada, profe, nada.

— Alguma coisa aconteceu... o que foi?

— Não sei, profe... estávamos brincando e...

— Amanhã você deve vir com a sua mãe, diga-lhe que preciso falar com ela.

A professora sabe que eu sou esquisito.

— Temos que levá-lo a um psicólogo — diz ela à minha mãe. — Ele é muito afeminado e um bebê chorão, se ele continuar assim vai ter muitos problemas.

— Você não sabe do que está falando — grita minha mãe. — Meu filho é muito macho, sim senhora, não se engane, os irmãos do pai dele são mártires que lutaram na Sierra Maestra e o pai foi campeão nacional de ginástica.

— Estou só dizendo que...

— Não me importa o que você diga — diz minha mãe e então ela me pega pela mão e caminha tão rápido que eu mal posso segui-la.

— Vamos direto pra casa e você vai me explicar o que aconteceu, Raulzito.

Tivemos que esperar mais de vinte minutos até que o ônibus chegasse e, durante todo esse tempo, minha mãe, sentada ao meu lado na cabine do ponto do ônibus, não parava de bater seus calcanhares com raiva.

— Eu te digo, esta pequena mulher vai me ouvir... Vou mudar você de escola, mas primeiro vou agarrá-la pelos cabelos e vou lhe dar um... ela vai se lembrar de mim enquanto estiver viva... Eu sou decente, mas quando sai o que carrego de negra, eu não perdoo.

Depois veio o ônibus e minha mãe, sentada ao meu lado enquanto eu observava o desfilar da cidade pela janela, manteve um silêncio tenaz, feroz. Aí descemos e já na sala de casa minha mãe se senta na cadeira de balanço na minha frente, estou no sofá, e se balança com força. Eu vejo os pés pequenos de minha mãe se levantarem e voltarem ao chão do piso quadriculado, que felizmente ainda hoje é um chão com piso quadriculado e não um rio de águas turbulentas.

— Começa a falar — diz minha mãe.

— Uma mulher de azul e branco apareceu e me disse para comprar a *Ilíada*.

— A *Ilíada*? Que mulher é essa? De onde ela veio? Era professora?

Então não posso impedir a palavra deusa de encher minha boca, e ela insiste em cair sobre o piso quadriculado e romper aquela tarde quando minha mãe e eu estamos cara a cara, olhando um para o outro.

— Uma deusa? Uma louca, você quer dizer. Os deuses não existem, meu filho, agora somos todos marxista-leninistas e os deuses não existem, que isso fique claro... Isso está claro para você?

— Sim, mamãe.

Agora as crianças na sala de aula olham para mim com medo, algumas delas começam a chorar só de me ver e, por isso, me mudam de escola. Agora estou na Dionísio San Román, que fica longe e está cheia de mortos, porque costumava ser um quartel que se revoltou contra Batista e quase todos eles morreram. No domingo, minha mãe me leva à catedral para que eu possa ver o que é a religião, esse ópio do povo. Pegamos o ônibus, descemos no parque José Martí e caminhamos até a porta de madeira escura, eu vejo as mulheres velhas entrando para rezar, velhas que não olham para minha mãe ou para mim e que "se acovardam de medo diante da força da nova verdade", diz minha mãe. Esta não é a casa da deusa, eu acho, mas não digo nada, já tive o suficiente por hoje, então eu assinto e lhe digo:

— Vamos comprar o livro.

— Que livro?

— A *Ilíada*.

— Bom, não vai acontecer, você já tem livros demais — diz ela e eu começo a chorar tão alto que é como se o parque inteiro se paralisasse, como se meu grito pudesse parar os pássaros no ar. Quando eu choro assim, todos param e olham para mim. Minha mãe tem medo daquele grito ancestral.

— Cala a boca, você já está grande demais para chorar, mas vamos, eu vou comprar o livro. Se você se calar, é claro. Vamos à livraria.

Minha mãe me agarra pela mão como se eu fosse sair voando.

— Como vai, companheiro, você tem a *Ilíada*?

— O quê? — pergunta o vendedor. É que minha mãe falou tão baixinho que talvez nem ela conseguisse se ouvir.

— Minha mãe quer saber se por acaso você tem a *Ilíada* — me meto na conversa, e o vendedor olha para mim do alto, surpreso pela minha voz estridente, pela maneira tão pouco cubana de dizer as palavras, como se as consoantes e as vogais emergissem da minha boca, como se ele tivesse medo de que uma delas pudesse escapar de sua orelha.

— Chegou há três dias — diz ele e coloca um volumoso livro laranja nas mãos de minha mãe. — São dois pesos e cinquenta.

— Que caro — diz minha mãe enquanto procura em sua carteira.

"Canta, ó deusa, a ira de Aquiles, o Pelida!"

Eu tenho a *Ilíada*. Entro no quarto.

— O que é isso, a Bíblia? — pergunta meu irmão, enquanto arranca o livro de mim sem que eu consiga evitar, e depois o folheia com calma — Poesia? Você vai acabar como José Martí: careca e com um tiro na testa.

Ele está nu, exceto pela sunga com que costuma praticar polo aquático. Está sentado no beliche, acima de mim, e coça os pés com a mão esquerda enquanto com a direita segura o livro aberto e começa a recitar. Olho para ele com a boca aberta, ansioso como um cão. Temo que ele jogue o livro pela janela. Da cozinha, posso escutar minha mãe cantando, enquanto ela prepara a comida.

— *Oh, qué será, qué será / que no tiene remedio y no lo tendrá...*

A tia Nancy já está doente e o namorado búlgaro a deixou, agora ela está com um romeno de cabelo comprido e um jeito cafajeste, que se diz cigano e odeia os tchecos porque estudou em Praga e eles o discriminavam lá, por parecer cubano.

— Eu estive na casa do Kafka... Kafka passou também por uns perrengues, porque aqueles tchecos são uns canalhas e ele gostava das prostitutas, vivia de bordel em bordel — ouço ele dizer da sala, assim que chega com Nancy, após as apresentações iniciais.

Minha tia beija a irmã, que vai fazer café e se senta no sofá com Emilio Ionesco, esse é o nome do romeno, e eles continuam falando sobre Praga e literatura. Ouço o gorjeio das risadas de Nancy enquanto o romeno continua tentando fazer com que minha mãe se simpatize com ele.

— Nancy está doente — José me diz de repente, ao me devolver o livro, ele o diz com lágrimas nos olhos porque também ama a minha tia.

Meu irmão deveria tomar um banho, seus pés cheiram tão mal que eu não tenho certeza se consigo dormir, então eu apago a luz, me cubro inteiro com o lençol e, com uma lanterna, começo a ler. São apenas seis da tarde, às oito horas minha mãe nos chamará para comer e, quando ela entrar, vai obrigar o meu irmão a tomar banho.

— Para tirar esse fedor a cloro que você trouxe da piscina.

Custa para minha mãe reconhecer que os pés de seu filho favorito cheiram a carniça. Eu já tomei banho, mas vou tomar outro, gosto de estar limpo e minha mãe sabe disso. Eu também gosto de ficar em frente ao espelho e sentir que sou outra pessoa.

Li sobre Príamo, sobre Hécuba, sobre meus irmãos em Ílion e sobre aqueles infames aqueus: Menelau, Agamenon, Pátroclo, os dois Ájaxes e Ulisses, cheio de artimanhas, o pior entre todos eles, ainda mais maligno que Aquiles, aquele das mãos assassinas. Li e lá fora há uma chuva espantosa, quase cerebral, como se chovesse dentro da minha cabeça. Ouço as vozes do romeno, de Nancy e de minha mãe na sala de estar. Meu pai não está em casa. Meu pai saiu muito cedo para pescar caranguejos. Eu gosto quando meu pai aparece com um saco de caranguejos mortos e minha mãe os prepara com bastante pimenta, embora às vezes meu pai apareça com um caranguejo vivo e o animal desliza entre os móveis da sala e parece olhar para mim com seus olhos de pêndulo e meu pai quer que meu irmão prove que ele já é um homem.

— Segure o bicho com cuidado, José, não deixe que ele te pegue com as garras porque aí você vai ver estrelas, *beibi*, depois entrega ele para o Raulzito.

Eu tremo só da expectativa de ter o caranguejo nas mãos. Vou para o quarto e fecho a porta. Ouço a risada do meu pai na sala, uma gargalhada furiosa que logo se reduz a nada. Ouço meu irmão dizer que sou afeminado, ele diz isso em voz alta o suficiente para que eu o ouça.

— Raul é viado.

— Cala a boca, caralho, não quero ouvir você falar assim de seu irmão de novo, ele só tem sete anos... Raulzito, vem aqui para que eu não precise ir te buscar! — ameaça meu pai.

As mãos do meu pai são grandes e porosas, grandes demais para alguém com um corpo tão pequeno. O chefe do meu pai na oficina mecânica, onde ele trabalha desde que me lembro, é um homem negro. Meu pai não gosta de ser comandado por um negro, mesmo que ele seja engenheiro e meu pai um simples mecânico, ele diz isso o tempo todo.

— Deram muita asa pra essa gente — diz ele, então olha para minha mãe e depois solta: — Menos mal que esses estão do nosso lado.

O nosso lado é o dele, que é muito branco, enquanto minha mãe é tão morena que é fácil ver que ela tem sangue negro em suas veias. Meu avô materno não gostava de meu pai: um simples mecânico, de cabelos compridos e com uma clara tendência a beber demais. Eu não sei o que Liudmila, a russa, verá em meu pai quando se encontrarem, suponho que ela ficará encantada com o ar de gângster desleixado que sempre o caracterizou. "Estiloso, malandro e gato, esse sou eu" era o bordão preferido de meu pai, e ele costumava dizer isso quando chegava em casa tarde da noite, cambaleando pela sala.

— Eu me jogo como em um jogo das cinco marias — ele diria mais tarde, e eu imaginava pedacinhos dele espalhados pelo piso quadriculado da sala, que de repente se tornava um mar de listras verticais que não levavam a lugar algum. Tenho que sair do quarto antes que meu pai venha me buscar, tenho que ficar na frente dele com minhas mãos nas costas e encará-lo nos olhos. Meu pai não suporta que seus filhos falem com ele olhando para o chão ou balançando as mãos inquietas, seus filhos têm que respeitá-lo. Sou metade dos filhos de meu pai e tenho que olhar para seus olhos tão azuis, onde há sempre um traço de medo, como se meu pai tivesse medo de saber quem eu sou.

— Deixa ele em paz, José, é apenas um menino — diz minha tia Nancy e sorri para me encorajar.

Os três loiros da casa são Nancy, meu pai e eu, os três com olhos azuis, e esta semelhança, em vez de nos aproximar, nos afasta ainda mais. A cena está fixa em minha memória, meu Zeus, me vejo na sala de estar, onde no centro há um crustáceo assustado como eu, que corro e abraço as pernas de minha mãe, enquanto meu pai olha rancorosamente para minha tia.

— Nancy Fonseca, deixa eu te explicar uma coisa, a gente já nasce macho — diz meu pai.

— E quem é que disse isso? — defende a minha tia, em voz suave — Você aprendeu isso debaixo dos motores que você conserta? Eu não sabia que se aprende pedagogia debaixo de um caminhão.

— Eu aprendi na universidade da rua, assim, desde que eu era deste tamanho.

Meu pai quase se agacha e posiciona a mão muito perto do chão.

— E se este é meu filho, ele deve aprender também, e todos que vivem debaixo do meu teto.

— Esta casa não é só sua — intervém a minha mãe em nome da irmã, em quem já se percebem os estragos da doença: aparência fraca, olheiras, pele fina e corpo fino, o cabelo despenteado, e sempre com um livro nas mãos. Eu sei que ela vai morrer, é perceptível. O namorado romeno vai ser o último homem adulto que vai apertar aquele corpo contra o seu, e desejá-lo. Os outros homens na vida de Nancy serão os médicos do Centro de Oncologia de Havana, onde ela ficará internada até sua morte. Não vou vê-la morrer, minha mãe passará os últimos meses da vida de sua irmã no hospital, e, quando ela voltar, ela estará tão mudada que quase não a reconheceremos. Enquanto minha mãe cuida da irmã moribunda, meu pai se aproximará da russa. Eles serão tão íntimos que, quando minha mãe voltar, ela será apenas uma intrusa, alguém que não se espera mais que volte. Meu pai chegará em casa cheirando à russa, ele se sentará na mesa de jantar cheirando à russa, ele dirá uma só palavra, e parecerá que fala como um daqueles personagens de Tolstói que conheci em *Guerra e Paz*. Sentiremos falta da Nancy, mas vamos sentir a falta dela de uma maneira diferente: meu irmão vai se masturbar pensando naquela bela tia que ele não voltará a ver e meu pai a culpará pelo fracasso de seu casamento, por ter se casado com a irmã errada. Minha mãe e eu teremos que ressuscitá-la para continuar vivendo.

Agora que Nancy não está, eu terei que ser Nancy para minha mãe.

No puedo verte triste porque me mata / tu carita de pena, mi dulce amor, / me duele tanto el llanto que tú derramas / que se llena de angustia mi corazón. Essa era a música favorita da minha tia Nancy.

— Vamos, pega o caranguejo — diz meu pai, e eu vejo o crustáceo rastejando com suas garras eretas, pronto para atacar, enchendo a sala que minha mãe limpa tão cuidadosamente com areia amarela. O caranguejo também está com medo. Não quero tocá-lo e começo a chorar, depois solto um grito quase tão forte quanto aquele que Aquiles soltou após a morte de Pátroclo.

— Deixa ele em paz — diz minha mãe —, os vizinhos vão bater à nossa porta.

— Ele tem que aprender a ser homem — diz meu pai.

Eu não aprendo a ser homem, me visto com a roupa de Nancy, pego um de seus cigarros da marca popular e finjo que fumo. Eu fumo olhando o espelho, os fios de fumaça são, na realidade, incenso que derramo sobre a estátua da minha deusa Atenas lá em Ílion. Como uma oferenda, deixo uma ânfora de bronze esculpida à mão. Então eu degolo um cordeiro muito branco e peço à deusa que não permita que os aqueus entrem na minha cidade, que preserve a vida de Heitor acima de tudo, isso é o que eu peço à deusa sob o céu cinzento de Ílion, infestado por tantas moscas.

— MARILYN MONROE! — grita Carlos porque me pediu um cigarro e eu não lhe dei, porque eu não tenho, ora, eu não fumo.

— Você se acha tão inteligente, Marilyn Monroe! — diz, depois. — Mas eu sou o seu sargento e se eu peço um cigarro, você tem que tê-lo, ou você está achando que é o quê? Sua puta de merda, vai buscar um cigarro!

— Eu posso cantar mais uma canção de Sara González pra você — sussurro e ele grita comigo para que eu fale mais alto, se eu sou mongoloide ou o quê.

— Posso cantar como Sara González pra você.

— Não banque o esperto comigo! — grita Carlos. — Eu quero um cigarro, caralho!

Eu olho para os outros soldados. Para Matías, que tirou a camisa militar e está fumando, sentado sobre uma pedra. Para Fermín, que também está fumando, não muito longe de Matías. Para Rogelio Isidrón, o gordo, talvez o mais fraco depois de mim, que evita olhar para nós como se temesse que Carlos, com aquela imprevisibilidade que o caracteriza, se voltasse para ele, se esquecendo de mim, e depois gritasse como no outro dia: "Não quero gordões na minha esquadra, qual é o seu problema? Vai fazer dieta, correr, e que eu não tenha que voltar a te dar esta ordem, entendeu bem?

Rogelio Isidrón faz desenhos de mulheres peladas para que os outros se masturbem. Os desenhos têm uma certa dose de realismo, muito ao gosto dos soldados e, assim, de certa forma, ele é aceito. Eu não sou aceito. Não há nenhum oficial ao redor, eles estão dando um curso para os soldados angolanos, e por isso Carlos pode fazer o que quiser, nem mesmo Agustin está por perto: no alojamento, ele está escrevendo uma carta para a namorada. A namorada de Agustín se chama Teresa, eu a conheci em Cuba, quando estivemos no curso preparatório juntos. Ela é uma garota alta, uma mulata mais clarinha, irmã daquele soldado que desertou, que foi renomeado como "A Miliciana" e que apanhou muito por se recusar a vir a Angola. Eu não me recusei. Eu estou aqui, enquanto Carlos sopra seu bafo na minha cara e grita:

— Um cigarro, Marilyn Monroe!

Estou muito quieto, mal respiro, apenas olho em seus olhos. Eu sei como ele vai morrer, aos setenta anos de idade de um aneurisma rompido, em Matanzas, onde nasceu, mas saber disso não me serve de nada. Ainda não sou a bela dama do capitão, ele ainda não me veste com roupas femininas caras que traz quando volta das mansões dos colonialistas em Luanda, eu ainda não passo batom vermelho nos lábios nem rímel preto azulado nos cílios, mas o Carlos já acha que sou Marilyn Monroe, enquanto eu sou Cassandra.

— Não tenho, não fumo.

— Ah, a bebê não tem cigarros, deixa eu te contar uma coisa: aqui você tem que ter cigarros — diz Carlos e se agacha.

Amaury, grande e gordo, muito próximo dele, sorri enquanto observa Carlos usar suas mãos para apanhar um grande punhado de terra amarela. Ele se levanta novamente.

— Firme, soldado! Tira seu chapéu. Se você se mexer, morre, está ouvindo? Fui claro?

Eu me mantenho firme, tão firme como um pilar do templo de Atenas, me mantenho firme sob o céu azul da África que parece querer queimar tudo, eu me mantenho firme enquanto o mundo começa a assumir um cheiro de terra, um cheiro recôndito de deuses que não desapareceram completamente, e a terra cai em meu rosto e entra pelos meus lábios mesmo apertados e todos estão olhando para nós, para Carlos e para mim, e nós somos os únicos atores do teatro do mundo. Estou sentindo a terra de Angola em meus lábios, sinto que a terra tem o sabor de uma antiga moeda grega que alguém deposita em minha boca para que eu pague a viagem para Hades.

— Mete um soco nele, Raul, você é bichinha, por acaso?

É Marcos quem fala, um soldado alto e magricela. Não há solidariedade em suas palavras e isso faz parte do jogo.

— Este ainda não sabe como brigar — diz Carlos. — Quando os negros pegarem ele, enfiarem um foguete no cu e fizerem ele de mulherzinha, quem sabe... esse aí nem parece que é cubano...

— Não, eu não quero ser cubano — sussurro.

— O que você disse? — pergunta Carlos. — Repete, Marilyn Monroe, para que eu possa te dar uma resposta, vai, fala.

Eu não digo nada, sei o que estou fazendo aqui, mas não posso dizer, eu sei por que voltei.

Carlos olha ao redor:

— Agora diz que não quer ser cubano, ele é um derrotista, mas nós vamos ensiná-lo. Ignacio, traga mais terra.

Ignacio, o pequeno, um soldadinho tão pequeno quanto eu, mas que sabe artes marciais e por isso é respeitado por todos, usa a pá de infantaria e a enche de terra amarela.

— Jogue a terra sobre a cabeça deste filho da puta, verme e contrarrevolucionário que não quer ser cubano.

— Não, eu não vou fazer isso — diz Ignacio.

— É uma ordem — diz Carlos, e então ele diz que é uma brincadeira, mas que tenho que aprender a ser um homenzinho, porque quando tivermos que lutar contra os sul-africanos, minha mãe não estará lá para limpar a minha bunda.

— O que está acontecendo aqui? — diz uma voz que eu conheço muito bem. — Sentido, soldados.

O capitão, acompanhado por Martínez, o político, e pelos comandantes das companhias, os tenentes Gilberto, Ernesto, Amado, Sergio e Raymundo, tinham se aproximado sem que nos déssemos conta. Os oficiais, vestidos com um novo uniforme de camuflagem que contrasta com o verde-oliva desgastado de nossas roupas, estão diante de nós, que rapidamente ficamos em posição de sentido, evitando olhar para seus rostos fechados, cheios de bigodes.

— Sargento Carlos Valdivia, me diga o que está acontecendo aqui — grita o capitão com uma voz retumbante, olhando para o trio que formamos Ignacio, ainda com a sua pá de infantaria, embora tenha deixado cair a terra para ficar em sentido; Carlos, com suas mãos que não conseguiu limpar; e eu, com a cara cheia de terra amarela, empapada de suor.

— Em ordem, camarada capitão — grita Carlos, como ele foi ensinado na escola de sargentos. — Informo que o recruta Raul Iriarte e eu estávamos fazendo uma prática de camuflagem para aproveitar o tempo de descanso.

— Que consciente — diz Martínez com uma voz lenta na qual é possível detectar uma clara pitada de zombaria. Esse sim que é um militar com moral combativa lá nas alturas... Te felicito, Sargento Carlos Valdivia.

Meu comandante de companhia, o tenente Amado Salvaterra, assente com a cabeça, o capitão se aproxima e, pela primeira vez, me olha nos olhos.

— Qual é o seu nome, soldado?

Estou de pé, firme e em sentido, na planície angolana. Não há ninguém ao meu redor, apenas um abutre esperando que eu morra para devorar as minhas entranhas, eu sou Prometeu e estou condenado, e ao mesmo tempo eu sou Cassandra e sei que estou condenado. Estou de pé, firme e em sentido, na planície angolana, olhando o capitão nos olhos pela primeira vez, olhando seus olhos pretíssimos de capitão do oeste de Cuba com meus olhos azuis de garoto piolhento chamado de Marilyn Monroe. A terra de Angola enche a minha boca e é como uma premonição, mas não me atrevo a cuspir quando digo com uma voz rouca:

— Às ordens, capitão. Soldado Raul Iriarte.

"O que você está fazendo aqui?" Parecem perguntar os olhos do capitão. "O que você está fazendo em uma unidade de combate do exército cubano no meio do nada?" Parecem perguntar os olhos do capitão. "O que você está fazendo? Me diga".

— Soldado Raul Iriarte, é verdade o que diz o sargento Carlos Valdivia?

— Sim, camarada capitão.

— Está questionando minhas palavras, camarada capitão? — pergunta o Carlos.

— Isto não parece instrucional nem nada parecido. Parece um abuso e esta é a minha unidade, aqui se faz o que eu digo e, em minha unidade, não tolero que a moral combativa de nenhum soldado seja rebaixada... Tenente Salvaterra, dê aos três uma taxa de serviço...

— Incluindo ao sargento?

— Aos três.

Taxa de serviço. Correndo com uma mochila cheia de pedras sob o terrível sol angolano. Agachar-se dez vezes com uma mochila cheia de pedras, abrir um buraco na terra amarela usando a pá de infantaria e depois enchê-la novamente, abri-la novamente e enchê-la novamente, dez vezes. Ao meu lado estão Ignacio e Carlos, que sussurra para mim:

— Isto é culpa sua, viado, mas você vai ver só, você vai ver.

— Deixa ele em paz, Carlos — diz Ignacio.

— Você fica fora disso, não me importo se você é carateca.

Sinto que o mundo está se afastando até não restar nada além de uma pequena chama de vela que mal crepita no horizonte. Um escaravelho angolano que encontrei e eu estamos ao lado do buraco que abri com a minha pá, o escaravelho tenta escalar um montinho de terra amarela. Eu olho para suas costas de um preto translúcido e sinto que o mundo continua se afastando, se afastando... Eu sou Cassandra, estou em Ílion e sou Cassandra, vejo chegar esse pastor alto, de costas largas, sorrindo para as mulheres de Ílion, com uma suficiência inequívoca, e eu sei que, por causa dele, a cidade se perderá, eu sei que ele é Páris, eu sei que ele é filho de meu pai. Corro ao templo da deusa, me deixo cair diante da estátua, que me olha com seus olhos de coruja pintados, sinto a saliva enchendo minha boca, começo a tremer, Atenas fala por mim quando digo que a cidade estará perdida.

— A cidade estará perdida por causa do recém-chegado que deveria ter morrido há muito tempo — digo e todos olham para mim com olhos tesos.

— Do que está falando este louco? — ouço Carlos dizer e então desmaio.

Eles me levam para a enfermaria.

Faço aniversário e a russa me dá um livro de Kierkegaard de presente, o único que terei em minha vida. O livro é em inglês, então aprendo inglês para poder ler. Mergulho em Kierkegaard quando volto da escola, me afundo em suas ideias como alguém que retorna a um porto seguro onde já esteve, e me sinto um pouco como aquele Abraão, a quem o deus canalha dos cristãos disse que devia matar seu filho Isaac e logo depois se arrepende. Eu leio Kierkegaard enquanto chove, e quando para a chuva, continuo lendo Kierkegaard. Atenas nunca se arrepende, se ela manda que você mate alguém é porque pensou bem sobre o assunto, e não para testá-lo, os deuses não precisam testar. Eu nasci com os olhos abertos, pelo menos é o que minha mãe me diz.

— Você tinha os olhos de um azul tão claro que depois foi ficando escuro, Raulzito — ela diz e aproveita a ausência do papai para me vestir de menina e brincar de que sou a defunta.

— Irmãzinha, você está a cada dia mais linda, vou sentir saudades suas quando eu me mudar para Cienfuegos com José, mas você virá comigo, não é mesmo? — pergunta ela.

— Não quero ser um estorvo em sua vida, Mariela.

— Eu nunca te deixaria, irmãzinha, você é a pessoa mais importante para mim, o que você fará neste vilarejo imundo de Cruces? Venha conosco, José não vai se opor, ele é um pouco bruto, mas tem um coração de ouro — diz mamãe e sorri para mim e acaricia meu cabelo e diz que se ela tivesse um filho, ela iria querer que ele fosse loiro e de olhos claros como eu, sua única irmã.

Minha mãe cheira a colônia da marca Tú. Ela pode passar toda a tarde com esta brincadeira, ela pode me por sentado em seu colo, cantar uma canção e dizer:

— Nancy, me fala de seu primeiro namorado, aquele Rolando, me conta mais sobre ele, ele tinha uns olhos pretos e a boca torta de um mentiroso, não era? E queria te levar para Havana, né?

E eu tenho que falar sobre um homem alto e parrudo, negro como o carvão, que eu nunca vi em minha vida, e dizer que ele tocava saxofone como poucos e que tinha um sorriso que parecia de fogo, um homem cheio de paixão.

— E por que vocês brigaram? — pergunta minha mãe.

— Porque ele era um mulherengo e um dia eu o peguei na cama com uma das minhas colegas do balé.

— Ah, a mamãe estava certa em não querer que você fosse para Havana para estudar dança, você voltou com uma barriga que mais tarde perdeu, e papai ficou de cabelos brancos pela vergonha, ele, que era o homem mais bem ajeitado e honrado que já circulou pelas ruas de Cuba.

— Ele envelheceu porque se enterrou em Cruces, porque fez o que queria, porque ele poderia ter se mudado para Havana, se quisesse — respondi para que minha mãe pudesse então procurar as bonecas e brincar de quando ela e sua irmã gêmea eram muito, mas muito crianças, quando minha mãe ainda não era a aplicadinha, a menina que chegaria longe e depois não chegava em lugar algum, e Nancy não era a louquinha da família, a ovelha negra apesar de seu cabelo loiro. Tenho quinze anos, meço apenas

155 centímetros de altura e não chego a pesar 45 quilos. Meu pai é dois centímetros mais alto que eu e um a mais que meu irmão José e é por isso que ele se acha o rei do universo, ou ele achava que era, até que tentou bater no José como antes, quando o deixava zonzo de tantos golpes, e José, que passa seu tempo no telhado levantando pesos com os amigos e que pratica caratê, foi quem bateu nele, e por isso José teve que sair de casa para morar com a Flor, sua namorada formada em enfermagem, três anos mais velha, porque meu pai lhe disse que, se ele ficasse lá, uma desgraça aconteceria.

— Eu vou acabar com você na base da facada — disse meu pai muito sério, limpando o sangue do rosto.

Meu pai também está prestes a ir viver com "aquela Svetlana de merda", como minha mãe chama a russa, mas, apesar disso, José não vai voltar. Ele pegou amor pela rua, já tem dezenove anos, é roqueiro e gosta de garotas negras, e minha mãe diz que isso é um passo para trás, que um dia ele vai aparecer com uma garota negra e ela não está disposta a pentear cabelo duro. Minha mãe me penteia, põe uma fita azul no meu cabelo e me chama de Nancy. Quero ir para meu quarto para continuar com Kierkegaard, ir assim, vestido de mulher.

Faço dezessete anos e chega para mim a convocação do Comitê Militar.

— Não vão te aceitar — diz meu pai, que está na sala de estar da russa com uma dose de vodca na mão, enquanto Liudmila, sentada em outra poltrona, olha para mim com aquele sorriso compassivo que eu detesto. A russa aparenta ser muito mais jovem do que meu pai, e ao lado dele é uma estrela de cinema, o que destaca a aparência acabada e encardida do meu pai. Ele nunca se interessou em ler, mas desde que vive com a russa, tornou-se fã de Raymond Chandler. Na sala da russa há uma grande estante, a maioria dos livros são em inglês porque a russa é professora dessa língua no Instituto Superior Pedagógico de Cienfuegos. Eu não sei o que a russa viu no meu pai.

— Não vão te aceitar — afirma também a russa, mas eles me aceitam.

Quando o grisalho tenente-coronel, que primeiro revista os meus genitais e depois me diz para sentar nu na mesma cadeira onde outros já estiveram sentados, me pergunta se eu sou homossexual, eu digo que não. A resposta sai assim, categórica, e o tenente-coronel, gordo e orgulhoso, assente com satisfação.

— Muito bem — diz ele. — Raul Iriarte, você é mirrado e esquelético, mas nós faremos de você um soldado da pátria socialista.

Escrevi meu primeiro poema em uma tarde em que caíam gotas de chuva tão densas quanto meus maus pensamentos. Meu primeiro poema foi o meu primeiro presságio. Eu tinha acabado de ler a *Ilíada*, quando de repente o ar em meu quarto tornou-se moribundo e espasmódico, as paredes da sala se afastaram umas das outras e eu pude ver colunas esculpidas em pedra, e onde estava o teto sobre mim, plano e sem adornos de um edifício modelo socialista, vi um céu quase tão azul quanto o céu de Cuba. Na minha frente estava parado um jovem bronzeado, de olhar intenso, e nu, exceto por um pedaço de pano cobrindo seus genitais. Ele me olhou com intensa maleficência, e, sem que me dissesse nada, soube que era Apolo.

— Essa não é a minha verdadeira aparência — disse o deus. — Se eu me mostrasse como sou, você cairia morto instantaneamente.

— Eu sei.

— E você sabe quem você é?

—Eu sou Cassandra — respondi. — Ou melhor, fui Cassandra e agora sou apenas Raul Iriarte.

— Ninguém deixa de ser quem é mesmo que tenha morrido — afirmou Apolo, e então eu soube que iria escrever um poema, um oráculo sem perguntas, apenas respostas.

— Você voltará ao Velho Mundo para morrer de novo e essa é sua condenação, repetir o ciclo eternamente, você é Aquiles, mas você também é a tartaruga.

Essa última parte não sei se foi Apolo que disse ou se sonhei, porque senti que estava caindo no nada. Comecei a tremer e, quando acordei, as linhas do chão em xadrez de minha casa tinham se alinhado novamente e vi os navios aqueus partindo rumo a Ílion, eu os vi, uma serpente de navios menores que aquele com que meu pai costumava nos levar para a baía de Cienfuegos. Eu podia distinguir as velas e os remos afundando no Helesponto, acordei assustada e quis avisar Hécuba, mas era tarde demais, a turbulência estava me levando para Cuba, eu estava voltando à minha realidade como Raulzito Iriarte, o Sem Ossos. Eu voltei a ser o Sem Ossos e minha mãe cubana estava olhando para mim.

— Você está com febre — disse ela. — Se achar melhor, não vá à escola.

Assim que minha mãe saiu do quarto, me sentei na cama, abri o caderno de matemática, a matéria que eu mais odiava, e, na última página, escrevi um poema que falava sobre a primavera em Ílion quando cai a tarde e você vai para a beira da praia procurar destroços de naufrágios e conchas.

Eu estava na sétima série, minha tia Nancy tinha morrido e eu não queria ficar com minha mãe e seu jeito tão triste, eu não queria estar lá quando ela começasse a suspirar e dizer que era melhor estar morta. Então apesar da febre me vesti, peguei o ônibus e fui para a escola. À tarde, eu tive uma oficina literária. Um recém-formado em Letras de expressão sombria e rosto cansado, enviado à escola pela Biblioteca Provincial de Cienfuegos, se sentou diante dos seis alunos que tinham preferido a literatura ao xadrez e outros esportes e nos leu poemas de César Vallejo, Nicolás Guillén, Roberto Fernández Retamar, Roque Dalton e Mario Benedetti, que era seu favorito, que ele gostava tanto que tinha memorizado muitos de seus poemas. Ele levantava da cadeira e começava a recitá-los, gesticulando com as duas mãos de uma forma muito exagerada. Depois analisávamos nossas próprias produções, que geralmente eram sobre como nossos pais eram bons e como ficaríamos tristes se eles não estivessem mais conosco, e sobre a pátria socialista, e muito ocasionalmente sobre o amor.

Primeiro leu Katia, uma menina da minha classe que se sentou três cadeiras à minha frente e com quem eu me dava muito bem.

Depois, Rogelio Camejo, sobre quem lembro que era ruivo e tinha inúmeras sardas, por isso os alunos e professores o chamavam de "A Sarda". Nós ouvimos esses poemas sem dar nossa opinião, apenas acenando com a cabeça, e então todos aplaudimos, incluindo o professor, que disse que eram muito bons. Depois foi a minha vez, e me levantei e comecei a ler, e à medida que fui avançando testemunhei como o rosto do filólogo, já longo em si, estava se esticando. Quando eu terminei, ele disse:

— Esse poema não é realista, é metafísico e decadente, lembra Kaváfis... De onde você copiou?

— De lugar nenhum — respondi, e o professor encerrou a oficina.

Meus colegas estudantes saíram em massa. Eu fiquei sentado e ele colocou os óculos na bolsa em um gesto brusco e se levantou.

— Vamos à sala da direção — disse ele.

Vou para a direção com o professor para discutir minhas óbvias fraquezas ideológicas com o diretor da escola,

Eugenio Enrique Álvarez de la Nuez. São três e quarenta da tarde e o diretor, sossegado em seu gabinete, ouvindo o rádio sintonizado em uma estação de música clássica, pede ao professor e a mim para nos acomodarmos nas duas cadeiras de madeira.

— Qual é o problema? — indaga, desligando o rádio. — Não me diga que se meteu em brigas, porque Raulzito é muito tranquilo.

— Pior, ele apareceu com um poema muito inadequado... Eu mesmo me assustei, e acredite, não me assusto com qualquer coisa, é por isso que quero manter o senhor informado.

— Erótico? Sem-vergonha?

— Pior, muito pior.

— Sério? Bom, Raul Iriarte, leia o poema, agora mesmo...

Minhas mãos estão tremendo tanto que acho que não consigo me concentrar. Mas finalmente consigo ler.

— De onde você copiou esse poema? — pergunta o diretor, que não está tão alarmado quanto o admirador de Benedetti, assim que termino de ler. — Certamente você mergulhou em livros antigos por aí, mas tenha cuidado de quem você copia, Raulzito, já tenho problemas suficientes nesta escola para cair no diversionismo ideológico. Amanhã venha com seus pais... Obrigado, professor.

Ele se levanta da cadeira e aperta a mão do professor, um sinal claro de que a entrevista terminou.

— Não quero mais você nessa oficina, não é por sua causa, é que eu não quero problemas. Eles podem dizer que não há problemas e depois te analisam e já sabe, a corda sempre arrebenta do lado mais fraco. Boa sorte, Raul Iriarte, você vai precisar se continuar escrevendo assim

— sussurrou o professor quando já estávamos fora da sala do diretor, me deu um rápido abraço e eu fiquei observando como ele saía com pressa da escola.

Antes de chegar em casa, rasguei o papel no qual estava escrito o poema e joguei no lixo.

Eu estava com febre.

— Está com febre — disse minha mãe naquela primavera de 1980, pouco antes de a televisão mostrar as imagens da embaixada do Peru.

A embaixada do Peru começou a ficar famosa quando milhares de habitantes de Havana se refugiaram lá à espera de uma permissão de saída, e eu estou sentado ao lado de José, que veio nos visitar com Irma, sua novíssima namorada, alta e de pele escura, que diz ter sido expulsa do Balé Nacional Cubano por ser negra. Ela conta que Alicia Alonso passou a mão sobre sua cabeça e que, quando sentiu o cabelo duro, disse: "Volte a Cienfuegos".

— Alicia Alonso é cega? — perguntei.

— Como uma toupeira — disse a ex-dançarina.

— Ela tinha razão em recusar — disse minha mãe da cozinha. — Onde já se viu uma Giselle preta? Custou muito trabalho para Alicia criar aquela companhia de dança para que o destruíssem agora.

Meu irmão não diz nada, nem a namorada. Meu irmão me olha com ódio concentrado, como se pensasse que eu concordo com as palavras que voam da cozinha em nossa direção, palavras desgastadas, tão velhas como as folhas de amendoeiras que ainda persistem no parque. Os olhos da namorada do meu irmão são líquidos e de um dourado que me lembrará as costas das gazelas quando eu estiver na África, mas que agora me parecem tristes.

— Foi para isso que você me trouxe aqui? — sussurra a namorada de José, apertando sua mão.

— Cala a boca, mãe — diz meu irmão —, não fala merda...

— Eu não falo merda nenhuma, veja como você se dirige a mim — diz minha mãe, ainda da cozinha. — Não posso falar nem na minha própria casa agora?

Minha mãe também quis ser dançarina, mas ela se casou quando era muito jovem. Há uma foto no meio da sala que testemunha aquele momento, meu pai veste um terno de brim que é um pouco grande demais para ele e minha mãe, um vestido florido. Ambos estão sorrindo e olhando para a câmera. Atrás deles está o carro que alugaram para ir à Havana, um Buick prateado e azul, e a silhueta do Capitólio Nacional. A lua de mel foi no hotel Ambos Mundos, o mesmo onde Hemingway tinha ficado, e meu pai contava que o tinha visto sair várias vezes dali, de shorts e camisa florida, com um daiquiri na mão direita, embora, por aquela altura, o escritor já estivesse morto. Meu pai não sabia de seu suicídio. Ele sempre foi ignorante, mentiroso e metido a amigo de estrangeiro. Naquela foto, ele parece feliz. Minha mãe, não, minha mãe sempre terá um ar distante, teimoso e melancólico, como se chovesse dentro dela, não um aguaceiro, mas uma chuva fina, uma garoa que a avó dela trouxe das Astúrias. Mas, bem, naquela tarde, meu irmão, sua namorada e eu estamos sentados em frente ao velho televisor soviético, vendo o povo de Havana entrar como um rio desbordado na embaixada daquele país que nos lembra das aulas da escola, onde nos falavam sobre o Inca e o El Dorado e que agora não é mais um lugar místico, mágico, mas um lugar concreto para onde milhares de cubanos querem ir. Meu irmão e a namorada assistem à TV de mãos dadas, sem dizer nada, mais calados do que a tarde que cai silenciosamente, mas sei que em breve ambos estarão somente pensando nisso em suas cabeças. Vamos embora, meu irmão vai pensar, vamos embora, a namorada vai pensar, eu sei, e eles irão embora. Eles vão pegar uma lancha que os deixará lá em Key West, muito longe do Peru, mas primeiro jogarão ovos neles e, no meio dos ovos, haverá uma pedra, e a namorada do meu irmão perderá um olho, pelo que eles se separarão e adeus negrinha, se te vi alguma vez, não lembro. Tenho dezessete anos, terminei o ensino médio com excelentes notas, falta pouco para eu entrar no exército e se eu me esforçasse poderia até entrar na universidade, mas Apolo me disse:

— Nada de universidade, nada disso, por que atrasar o seu retorno ao infinito, a roda flamejante das transmutações te espera.

VOU CHEGAR EM Angola como um pássaro invisível para o capitão, vou ser apenas mais um entre os milhares de soldadinhos cubanos com cabelos mais ou menos crespos e rostos que estão se esforçando para criarem barbas. Minhas asas serão a pesada mochila verde nas minhas costas, vou ouvir o capitão animar o grupo, soltando o seu "pátria ou morte", eu sendo o elemento nove do primeiro esquadrão da segunda companhia, um soldado entre outros soldados, até que Carlos despeje terra de Angola sobre mim. Aí sim o capitão vai me ver com olhos diferentes, ele ordenará ao tenente Amado que me leve ao quartel-general depois da taxa de serviço, ele lhe ordenará sem mais explicações, ele não o olhará nos olhos quando der a ordem, ele simplesmente chutará um pouco de poeira com seu pé esquerdo, usando uma bota romena quase nova, e dirá:

— Envia o pequeno soldadinho loiro para mim, preciso falar com ele.

Ele está me esperando dentro da tenda do acampamento, sentado atrás de sua mesa dobrável em uma cadeira também dobrável, ele tem cheiro da colônia de marca Tú, a mesma que minha mãe usa, e está recém-barbeado. Estou parado à sua frente, coloco minha mão na testa em saudação militar e digo "às suas ordens". Ele me ordena que descanse e me olha nos olhos. Eu sei o que ele vai dizer, é um sussurro que chega em mim muito antes das palavras saírem de sua boca.

— Você é de Cienfuegos, não é? Estive uma vez naquela cidade e é muito agradável, estive em um ato do 26 de julho e adorei. Por outro lado, você não pode deixar que abusem de você, isso não é bem-visto... Esse Carlos é um anormal, mas é um bom sargento, os outros soldados o respeitam, por isso não posso rebaixá-lo, mas vou lhe dizer que se ele continuar assim, vou ter que pensar o que fazer com ele.

A voz soa profunda, cheia de tons secos e ingratos, é uma voz máscula. Estou parado diante dele, muito firme, embora ele já tenha dito "descanse", então ele se aproxima de mim e me acaricia a cabeça, assim mesmo, com um gesto que finge ser paternal, mas que posso identificar muito bem, pois é o mesmo gesto que fazia o professor que costumava falar comigo sobre livros proibidos, lá no décimo ano. Ele é meu nêmesis, embora ainda não saiba.

— Você tem boa caligrafia? — pergunta, e é como se estivesse perguntando por que eu tenho olhos azuis profundos.

— Sim — respondo, porque Apolo, de pé diante de mim, me transmite a resposta —, e sei escrever muito bem.

— É mesmo? Sente-se e escreva algo, qualquer coisa que passe pela sua cabeça, pode ser uma carta para minha esposa que é loirinha assim como você, eu preciso de um secretário, não posso cuidar de tudo e este Martinez me enche o saco, só pensa em jogar bola, e olha que ele se formou jornalista, mas o único jornalismo de que ele gosta é o esportivo.

Sento na cadeira onde o capitão esteve até agora, ele coloca um caderno e uma caneta na minha frente e eu espero que ele me dite algo, mas ele não o faz, então eu começo a escrever. Ele se aproxima e eu sinto seu calor corporal e a sua respiração de homem corpulento. Lá fora canta uma ave, lá fora, a trinta quilômetros de distância, um jovem leopardo persegue o gado dos aldeões, e os notáveis da aldeia, liderados por um homem robusto com uma barba muito branca e um cajado rústico, chegarão à unidade com os olhos temerosos, fixados em seus próprios pés nus, sujos de terra vermelha.

— Temos que matar a fera manchada — dirá o velho em um português tão claro que nosso capitão não precisará de tradução.

— Nós não viemos aqui para matar leopardos — responderá o capitão. — Mas, logo depois, vendo os olhos lacrimejantes e as mãos trêmulas dos aldeões, ele balançará a cabeça três vezes, assentindo: — Por que vocês não o matam? — perguntará.

— Nós não temos como, os soldados pegaram todas as armas — responderá um dos outros anciãos, notável por seu pescoço robusto, cercado por correntes de metal e sementes das matas.

— Então nós mataremos — dirá o capitão após uns minutos. — Martínez, você está dentro?

— Sim, capitão, essas são as paradas que eu gosto.

— Busque mais três soldados, os melhores atiradores do batalhão — dirá o capitão e procurará meus olhos para me fazer sentir orgulhoso dele. Ele está prestes a passar. Vejo a silhueta do leopardo deslizando pertinho das cabanas de palha, vejo aqueles olhos que parecem mansos à luz da tarde e sei que ele vai morrer e lamento a morte do jovem leopardo e sua carcaça à mercê de hienas e abutres.

Minha amada, hoje foi um dia muito quente, quase tão quente quanto aqueles de agosto em Cuba, me sentei com meus subordinados para ver o nascer do sol e pensei em você e percebi o quanto sinto sua falta. Você é a única mulher na minha vida, a mais bela. Escrevo pensando em Mariela, a mãe que me coube ter nesta vida. Eu a vejo se balançando e cantando uma daquelas canções que ela tanto gosta, canções de Silvio Rodríguez, sozinha, porque quando meu pai foi embora, Mariela não esteve com ninguém mais. Algo morreu nela quando meu pai partiu. Eu a vejo diante de mim, enquanto os traços de minha letra aparecem como serpentes discretas na carta que escrevo para o capitão. Ouço-o ofegar atrás de mim, tocando-me sem me tocar, com as mãos apoiadas nas costas da minha cadeira, bem perto do meu pescoço.

— Você é tão pequeno, tão frágil, como que foi admitido? — pergunta ele. — Você mais parece uma garota... Leia o que escreveu até agora, por favor.

Nesse "por favor" está escondido algo íntimo, vai além do que um oficial diria a um mero soldadinho de chumbo como eu... Eu faço que vou me levantar, mas ele me pede para ficar sentado, e continua de pé atrás de mim, não consigo vê-lo, a voz chega em mim seca e viril, mas com um toque suave e agitado, penso no leopardo entre as árvores, esperando que a noite caia para perseguir as vacas dos camponeses, penso em seus olhos de sossegada crueldade. Levanto muito minha voz para ler a carta, é como quando eu ainda estava na escola e a professora de espanhol apontava para mim com sua mão adornada com anéis: "Vamos lá, você, Raulzito, leia". Sou muito cuidadoso com as pausas nas vírgulas, paro por um segundo a cada ponto e pronuncio muito bem cada uma das letras. Quando eu termino, o capitão me pede para levantar e me abraça. Seus olhos estão umedecidos.

— Obrigado, soldado, pode voltar para o alojamento.

Meu alojamento é uma enorme barraca que compartilho com outros seis recrutas e um soldado de primeira linha, cujo nome é Matías Benítez, mas todos o chamam de Santiago porque ele é dessa cidade. Os soldados são Fermín Portela, ou Johnny, o roqueiro; Amaury Valdez, também conhecido como o Gangster por seu intenso amor a tudo que é estrangeiro; Juan Izquierdo, o Trambique, pelo seu jeito de malandrão de bairro; Manuel Cifuentes, a quem chamamos Manuel; Agustín, meu amigo de Cienfuegos, que alguns chamam de Musculinho, por razões óbvias; e eu, Marilyn Monroe. Na barraca mais próxima, à direita, dormem os seis sargentos. Dorme Carlos, que em uma noite, quando o tenente-comandante da companhia está de licença em Luanda, entra no alojamento e grita "Sentido!" e nos obriga a fazer o treinamento matinal às três da madrugada. Saímos para o frio da noite da África e lá fora, Martínez, o político, está nos esperando. Ele e Carlos estiveram bebendo aguardente angolana, se nota. Martínez, o engomado de Miramar, e Carlos, o marginal de Matanzas, têm algo em comum: eles gostam de abusar. Eles nos obrigam a fazer ginástica sob a ameaça de suas armas. Começamos com os agachamentos e, quando nossas pernas não aguentam mais, vamos para as pranchas.

— Isso é para o o bem de vocês — diz Martínez. — Vocês têm que ser fortes e estar preparados para qualquer missão que o país exija... Os mandris são muito perigosos.

Os mandris são os angolanos.

Quando Martinez está bêbado, o racismo, como a maré, emerge até a praia de sua boca. Carlos, que é de pele mais escura do que alguns angolanos, ri e depois vem, de arma na mão, e põe o pé direito sobre minhas nádegas.

Estou tentando fazer a prancha com a bota pesada, com o pé pesado do Carlos, nas minhas nádegas.

— Levanta, puta, seja homem!

Não aguento mais e acabo deitado no chão, rastejo como uma cobra triste e depois me viro. Carlos coloca a arma no meu peito.

— Faz as pranchas, puta!

— Deixa ele já — ouço a voz de Martínez atrás de mim. — Já chega, podem voltar para as suas redes.

Martinez abraça Carlos por trás.

— Você está bêbado... — diz ele e solta uma risada de bêbado. — Vocês têm que aprender a ser homenzinhos, isto é para o bem de vocês.

Carlos abaixa a arma, solta o abraço do oficial, olha para mim por um tempo e depois diz:

— Quem dedurar para o capitão, vai se ver comigo.

— Não se preocupe com isso, eu sou um oficial das Forças Armadas Revolucionárias e ai de quem não me respeitar — diz Martínez. Depois, ele ajusta seu uniforme desalinhado e se volta para Carlos.

— Sargento, conduza os homens aos alojamentos.

— Esquadrão, atentos! — Carlos grita com tudo o que pode de seus pulmões.

Estamos diante deles, duas silhuetas escuras na noite angolana.

— Voltem para as redes, rápido, é para hoje!

Corremos para as redes, são quatro da madrugada e está frio aqui em Cunene.

Nessa noite, Agustín, deitado à minha direita, me diz:

— Quando entrarmos em ação, vou matá-lo, e vão pensar que foi um sul-africano.

Ele não precisa me dizer quem, eu sei que se refere a Carlos, mas eu não digo nada. Agustín não matará Carlos e ambos voltarão para Cuba, condecorados. Ambos continuarão a estudar na mesma universidade, de portas abertas. Eu não voltarei a Cuba, vou morrer aqui, às margens do Velho Mundo.

— Não, aqui deve haver um engano, eles estão forçando a barra — disse meu pai quando contei que eu tinha sido declarado apto para me alistar nas Forças Armadas Revolucionárias. — Vou até lá agora mesmo e explico para eles toda essa merda.

Estou olhando para ele, magro, definhado, com barba de uma semana e braços musculosos. Ele se parece com um daqueles assassinos de aluguel esqueléticos que vão ao bar onde trabalha Nick Adams, em *Os Assassinos* de Hemingway, que eu tinha acabado de ler em uma antologia publicada em Cuba, *As neves de Kilimanjaro*. Meu pai pega a camisa que sempre deixa esquecida no encosto da cadeira e se levanta. A russa, muito mais alta do que ele e com um rosto delicado e um pouco inchado, também se levanta, lembro dela assim, com seu vestido de algodão sintético florido, embaixo do qual se podia vislumbrar sua roupa íntima. Meu pai bate nela, não muito e não com muita força, de vez em quando ele tem ciúmes da amizade que a russa tem com um professor de física, negro e parrudo, do Instituto Pedagógico, e ele a sacode com força pelos ombros.

— Calma, José Raul — diz a russa agora, olhando meu pai nos olhos. — Você não vai resolver nada aos gritos, certamente tudo pode ser esclarecido com boas maneiras e decência.

— Vão ter que me ouvir, olha a altura e o corpinho deste infeliz, você acha que ele está apto para o exército? Este desgraçado vai estudar.

Ele veste a camisa e nós saímos para a rua. O Chevrolet está na oficina há quase um mês, então nos dirigimos para o ponto de ônibus. Está frio, a manhã está linda e a russa e eu sentimos um contentamento natural e espontâneo, como se algo de bom fosse acontecer conosco. Meu pai não. Meu pai está muito sério, preocupado comigo. Meu pai me ama, é estranho pra mim constatar isso. Falamos de poesia, a russa e eu, e ele não entende nada, depois falamos de *Guerra e Paz* enquanto esperamos a chegada do ônibus e ele, ainda que não o tenha lido, se sente obrigado a opinar, diz que os russos são entediantes, monótonos.

— Estou falando dos escritores — esclarece, porque Liudmila olha para ele com muita seriedade. — E, por favor, calem-se, que não me deixam pensar...

"Não me deixam pensar", diz meu pai naquela manhã de novembro, quando estou prestes a chegar com meus ossos nas Forças Armadas Revolucionárias. "Não me deixam pensar", diz ele, e arrasta a russa e eu para uma entrevista ilusória com o chefe do Comitê Militar de Cienfuegos para que ele analise meu caso, dê uma boa olhada em minha pequena estatura, no meu corpo fino, nos meus braços de palitos.

— O que você pode obter de um recruta como esse? — meu pai pergunta ao coronel Gerardo Iglesias Morales quando, após duas horas de espera, ele nos concede a entrevista.

O coronel coça a cabeça raspada e olha, não para os olhos de meu pai, mas primeiro para os seios da mulher russa e depois se detém em olhar para mim.

— É verdade que ele é muito baixinho, mas Napoleão Bonaparte também era, e veja onde chegou. Os homens não são medidos da cabeça para o chão, mas da cabeça para o céu.

— Mas este aqui não é nenhum Napoleão — diz meu pai — Ele só fica trancado no quarto, lendo, ele mal sai de lá... eu lhe asseguro, e ele é um pouco louco.

— Onde está o certificado médico que atesta esta loucura? Ele não o trouxe? Não tem? Então não tem mais papo. Me parece, camarada José Raul Iriarte, que você está tentando liberar seu filho do dever de todo jovem cubano... Eu lhe asseguro que, no exército, ele se tornará um homem.

— Ele já é um homem — diz meu pai, olhando para mim com uma expressão que eu não entendia na época, mas agora que estou aqui nos Campos Elísios, me consolando com o canto das mesmas sereias que enfeitiçaram Ulisses, entendo muito bem. Meu pai me olha com tristeza, aquele homem que eu desprezava, aquele que eu considerava bom apenas para passar horas debaixo de um caminhão ou de um carro ou em cima da russa provocando orgasmos que a fizeram esquecer sua intenção de se passar por cubana para acabar falando a língua de Tolstói, aquele homem era capaz de sentir dor, de prever que perderia seu filho.

— Ele voltará de Angola e nós ficaremos bem — diz a russa quando já estávamos de volta ao ônibus.

— Tomara.

Nos separamos na esquina e eu volto para a casa de minha mãe, que ainda não sabe que, aos dezoito anos, partirei para Angola.

— Você não perdeu nada lá — ela dirá quando descobrir... — porque quase todos nós, meu filho, viemos das

Astúrias, e aquele bisavô negro, que deu à minha pele a cor da canela que fascinou seu pai, quando ele não era o filho da puta que é agora, não tinha nada de angolano, era um negro vindo da Louisiana e falava espanhol com um suave sotaque francês, era um cavalheiro muito fino, sim, senhor, não um negro da costa... Diga que não vai, que vai prestar o serviço militar aqui. Qualquer lugar é bom para servir à Pátria. Você vai mesmo, meu filho? Você vai?

Não respondo, uma chuva suave está caindo, quase nada, eu me inclino na varanda e olho para fora. Não quero mentir para a minha mãe, do Monte Olimpo os deuses estão me observando e me julgando, eu vou e não vou voltar. Eu vejo Angola antes de estar lá, vejo Angola e o felino malhado que, orgulhoso, levanta a cabeça esperando por mim. Os deuses do Velho Mundo me esperam, Anúbis e a sua cabeça de cão me espera, Isis e Osíris e as almas de todos os reis do passado me esperam, e os velhos deuses africanos me esperam, aqueles que cruzaram o mar e agora voltam comigo, e me esperam Atenas e Apolo já em suas essências, já deiformes.

A segunda vez que o capitão me ordenou que fosse à sua barraca foi para que, com a melhor caligrafia possível, eu escrevesse outra carta à sua esposa, que ele definiu como um ser de luz, um anjo que estudou engenharia industrial, caiu de Havana em Gibara e se apaixonou por ele.

— Katerina Rodríguez Morales, assim ela se chama, tem os olhos azuis como você, diga a ela que eu a amo muito e que vou voltar, sente-se aqui.

Ele me apontou outra cadeira dobrável, muito perto daquela em que ele estava sentado, e ficou me olhando escrever. Eram cerca de quatro horas da tarde, e podíamos ouvir de fora os gritos dos outros soldados jogando beisebol. O capitão estava muito perto de mim e cheirava à colônia da marca Tú, como minha mãe. Se ele se inclinasse um pouco, nossos rostos se tocariam.

— Você não tem que se barbear, que sorte, você é bem lisinho... Eu gasto uma lâmina por dia, sou muito peludo — disse ele com um sorriso.

Eu olhei para seu rosto de camponês bruto do oeste de Cuba, um rosto com muito de galego e algo de negro, e não disse nada.

— Você não fala muito, está sempre tão calado... parece uma garota tímida.

Eu estava prestes a lhe dizer que minha mãe costumava me vestir de menina e fingir que eu era Nancy, sua irmã que morreu de câncer.

— Sim, concentre-se na carta, ela tem que ficar perfeita — disse ele primeiro, e depois disse "que pele!", e passou a mão no meu rosto.

— Você é quase uma menininha, parece incrível que tenha dezoito anos... Quantos anos você acha que eu tenho?

— Vinte e cinco — respondi, embora me parecesse que tinha uns oito mil.

— Até parece, você pegou leve, se esforça um pouco mais, vai.

— Quarenta.

— Agora foi duro, tenho trinta e cinco anos... pareço velho demais para você?

Ele me pergunta isso já colocando a mão no meu joelho direito e me olhando nos olhos.

Me olhando nos olhos.

Fazia um calor seco e intenso, os gritos dos outros soldados chegavam de fora, Agustín estava deitado na enfermaria com febre, o leopardo acordava, pronto para perseguir o gado dos aldeões, e o sol da África começava a afundar no oeste. Eu tinha aquela mão de pele de bronze no verde-oliva das minhas calças e tudo começou a acontecer. Eu não senti nada, eu nunca senti nada. Eu não sei o que é o desejo sexual. Eu sou Cassandra e estou aqui apenas de passagem, tive vontade de lhe dizer, mas não o fiz. Eu sabia. Eu sabia que, de repente, o capitão ia se inclinar em minha direção e me beijar nos lábios, um beijo leve, quase nada, mas que teríamos então um segredo entre nós dois, uma cumplicidade que ia além de nós. Eu sabia que o tenente Martinez estava prestes a entrar na barraca. "Com licença, capitão", e que depois ele se afastaria um pouco de mim e diria "continue escrevendo, soldado Raul Iriarte, e por favor cuide bem de sua ortografia", e eu também sabia que o jovem guerrilheiro da UNITA já tinha recebido a missão de atacar o acampamento dos cubanos. Eu sabia que Martinez, olhando para o capitão e para mim, sem suspeitar de nada, já era um homem morto, mesmo que ele sorrisse com presunção e depois dissesse:

— Você quer vir jogar bola, capitão?

— Você não vê que estou ocupado? — disse o capitão sem se levantar, dando a Martínez um olhar sombrio e intenso.

— Ah, mas isso pode esperar — disse Martínez. — Precisamos de um quarto elemento e você é o melhor, não me faça implorar, deixe que o soldadinho termine, vamos lá, você é o chefe, e é bom aumentar a fraternidade da tropa.

Martinez não olhou para mim uma única vez, ainda me lembro dele, alto e meio ruivo, nu da cintura para cima e com suas calças camufladas muito sujas de terra vermelha, com um sorriso que ia além de sua boca, quase chegando em seus olhos cinza metalizados.

— Bom, já vou — disse o capitão — Vou me trocar e sair, deixe que eles esperem por mim.

— Assim que se fala! — gritou Martinez e saiu.

Ficamos sozinhos. O capitão ficou de pé e olhou para mim, perguntando-se se deveria me esmagar com uma de suas botas romenas. Então ele colocou a mão nas minhas costas e disse:

— Se você contar o que aconteceu aqui, te mato, e isso não se repetirá, está claro?

— Sim, camarada capitão — respondi, levantando-me e batendo continência.

— Mas por que você é tão bonitinho? É como uma garota, se deixasse o cabelo longo, seria linda… Eles te chamam de Marilyn Monroe, não é mesmo?

— Sim.

— E o que você diz a eles? Você deixa?

— Eles são mais...

— Quem são eles? Diga-me e eu agirei agora mesmo. Esse Carlos é um deles? Diga-me.

"Você sabe que sim, capitão", eu poderia ter dito, "você ouve tudo de sua barraca, quando nos fins de semana saímos para a área de recreação e os soldados se entediam e então ali estou eu, o mais fraco, para entretê-los, você sabe disso." Mas eu não disse nada, fiquei ali, travado, e ele deu dois passos atrás, como se precisasse me observar à distância.

— Não deixe que ninguém o humilhe. Se alguém seguir com essa humilhação, vem e me diz, está claro?

— Não sou um dedo-duro.

— Não é ser dedo-duro, é o dever de um revolucionário, e o nosso dever é manter a disposição combativa, você entende?

— Sim, entendo.

— Leia a carta para mim.

— Ainda não terminei.

— Tudo bem, leia o que você escreveu.

Sim, camarada capitão. Sim, camarada capitão. Sim, camarada capitão. Sim, camarada capitão. Sim, camarada capitão. Sim, camarada capitão. Sim, camarada capitão. Sim, camarada capitão. Sim, camarada capitão. Sim, camarada capitão. Sim, camarada capitão. Sim, camarada capitão. Sim, camarada capitão. Meu dever é repetir: "Sim, camarada capitão". Sim, camarada capitão. Sim, camarada capitão. Sim, camarada capitão. Sim, camarada capitão. Sim, camarada capitão. Sim, camarada capitão. Sim, camarada capitão. Sim, camarada capitão. Sim, camarada capitão. Sim, camarada capitão. Sim, camarada capitão. Sim, camarada capitão. Sim, camarada capitão. Sim, camarada capitão. Sim, camarada capitão. Sim, camarada capitão. Sim, camarada capitão. Sim, camarada capitão.

Eu saio para a rua vestido de mulher. Estamos em 28 de dezembro e minha mãe me autoriza a ir a uma festa à fantasia. Ela me autoriza para se vingar do meu pai, que foi embora com a russa. Ela mesma me penteou, me maquiou e depois me emprestou um lindo vestido azul-claro que pertencia a Nancy. A festa à fantasia é na escola onde eu estudo. Foi organizada pelo professor de espanhol e literatura. Aquele professor que uma vez me contou sobre Virgilio Piñera, Lezama Lima e sobre um escritor que tinha saído de Cuba há pouco tempo para viver em Miami, um certo Reinaldo Arenas, que tinha sido seu amigo em Havana e que escreveu um livro chamado *Celestino antes del alba*, sobre um menino louco. Ele me disse isso antes de colocar a mão sobre minha coxa e me olhar nos olhos e me confessar que era um "invertido".

— É a primeira vez que conto isso para alguém e é muito perigoso. Se você repetir por aí, Raulzito, você pode me colocar em grandes problemas, serei expulso do partido e da escola.

— E por que está me contando? — perguntei e ele colocou a mão direita sobre minha coxa.

— Porque estava queimando a minha alma, você não sabe como é viver fingindo ser o que não se é... Confio em você, Raulzito, você é muito especial, eu gosto de você, você vai ser escritor.

— Não acredito nisso, vou morrer em breve.

— Ah, não fale bobagem, deixa disso. Olha, leva esse livro, e quando me trouxer de volta, não deixe que ninguém o veja.

Estamos no departamento de espanhol e literatura. O professor se levanta e tira um livro de uma das prateleiras, está encapado com uma página da revista Bohemia. Está escrito *Paradiso* nas primeiras páginas.

— Guarda bem este livro e cuida dele, foi um presente do próprio Lezama — repete o professor. — Seu pai não deve ver isso, ele tem ojeriza por mim.

Tenho que atravessar a cidade vestido de mulher. Atenas e Apolo vão comigo. Cada um ao meu lado, disfarçados dos orixás Obatalá e Xangô, eles me acompanham para que nada me aconteça, porque hoje não é o dia da minha morte. Sou uma garota caminhando por uma cidade chamada Cienfuegos, enquanto transeuntes param para me olhar.

— Que loirinha bonita — alguém sussurra ao meu lado.

Minha mãe me enviou para morrer. Minha mãe me sacrificou para se vingar de meu pai, seus olhos estavam úmidos quando ela me beijou na bochecha, com cuidado para não borrar minha maquiagem. Tenho quinze anos de idade e ando pela cidade vestido de mulher. Vestido de mulher espero o ônibus e se me perguntarem qual é meu nome eu direi Cassandra, mas ninguém me pergunta nada, sou apenas mais uma garota esperando o ônibus em uma cidade conectada ao mar, quase um mar ela mesma. Quando subo no ônibus, um jovem se levanta e me oferece o lugar.

Vou chegar na escola e recitar um poema de Darío.

— *Margarita, está linda la mar, / y el viento / lleva esencia sutil de azahar: / tu aliento.*

Vou recitar diante dos meus colegas de classe vestidos de mambises,[1] super-homem ou lobisomens, diante das meninas vestidas de Chapeuzinho Vermelho, Bela Adormecida, kolkoziana,[2] vietnamita ou angolana. Nenhuma mais feminina do que eu, nenhuma mais linda do que eu.

— Esta tem Bayamesa[3] em sua alma — diz um de meus companheiros de classe em voz alta.

— Este, se não for pato, com certeza sabe onde está a lagoa — diz outro.

Mas o prêmio da melhor fantasia vai para mim, para Cassandra. Vou levá-lo para a minha mãe, um bolo de chocolate que comeremos juntos, molhado com as lágrimas de minha mãe, que chora porque pensa que tudo em sua vida acabou, minha mãe ingênua que não sabe que o pior ainda está por vir, enfrentar a morte de seus filhos, remá-la, navegá-la, deixá-la no convés do navio de sua vida e continuar navegando. Ela ainda não disse para si mesma: *La noche está estrellada, y ella no está conmigo*. Ela sou eu, Cassandra. Um dia, eu lhe disse:

— José e eu vamos morrer.

Ela não quis entender.

Foi um daqueles dias em que meu irmão voltou para procurar algo para roubar e depois vender e consumir.

[1] Nomes dados aos guerrilheiros cubanos que lutaram na independência nacional.

[2] Neologismo criado para denominar as mulheres trabalhadoras no campo da URSS.

[3] Nome do Hino Nacional de Cuba.

— Eu preciso consumir! — gritava José e eu era muito jovem, mas já sabia o que meu irmão precisava consumir: parkisonil[4] com rum caseiro. Eu sabia que ele estava vindo, então disse à minha mãe para esconder a TV para que ele não a levasse. Ela não me ouviu porque eu sou Cassandra, a quem ninguém acredita, e meu irmão pegou o velho televisor russo, empurrou minha mãe, lançou-a contra a parede e a chamou de puta, e me gritou bicha e me disse que lhe contaram sobre a festa na escola e meu vestido de mulher e que ele tinha vergonha de nós, uma bicha e uma puta louca que acha que seu filho mais novo é Nancy.

— Mariela, você é a culpada por ele ser assim — disse José quando já estava com a TV em seus braços e lutando para abrir a porta sem deixá-la cair.

— Aquela puta negra com quem você anda que te encorajou a roubar a sua própria família? Eu vou te denunciar — minha mãe o ameaçou aos gritos, mas nunca o fez.

[4] Nome popular para o remédio de fórmula Triexfenidil, que combate os sintomas do Parkinson. Em Cuba, entre os anos 1980 e 1990, ele foi comumente utilizado, acompanhado por álcool, por seu efeito tranquilizante e, às vezes, delirante.

Tenho dezesseis anos de idade e minha alegria está no mar. Eu me aproximo da praia, com um livro do Edgar Allan Poe em minhas mãos, e olho para bem longe. A russa está sentada ao meu lado, ela me trouxe aqui para que pudéssemos conversar.

— Ouça, Raurrito, você já é um adolescente e o coração tem razões que a razão não entende, seu pai e eu… seu pai e eu deixamos, permitimos, não pudemos impedir que as coisas chegassem a um certo ponto em que não houvesse como voltar atrás, mas olhe... seu pai, que te ama muito, mesmo que às vezes pareça muito bruto, está sempre pensando em seu irmão e, acima de tudo, em você, que por ser o mais novo, precisa tanto dele e...

Eu não a ouço, mas gosto de estar ao lado dela, de sentir que ela me entende, eu também a entendo, a russa está louca como eu, para se apaixonar por meu pai é preciso estar um pouco louca. A russa vê algo em meu pai que eu, por mais que me esforce, não vejo, para mim ele é apenas aquele cara baixinho que normalmente coça a virilha sem se importar com quem esteja presente, mas para a russa ele é uma espécie de paladino e um homem bonito.

— POR DOIS CENTÍMETROS a mais — diz meu pai dois anos depois, quando vem me ver na unidade, pouco antes de eu partir para Angola, a última vez que meus pais e eu estaremos juntos.

Ele diz isso me olhando nos olhos, muito sério, sentindo-se culpado por ter me dado aqueles dois centímetros a mais pelos quais fui premiado para estar apto para o exército.

— Você não devia ter obrigado o menino a beber leite de cabra, ele não queria, mas você insistiu — diz minha mãe, e seus olhos contêm uma intensa reprovação que vai além disso.

Eu olho para eles. Ambos envelheceram da noite para o dia, o tempo os cobre com uma pátina esverdeada, composta metade de desilusão e metade de medo. Eles temem que eu não volte, que aconteça comigo o que aconteceu com meu irmão, que agora está a 90 milhas de distância e é como se não existisse.

— Ontem fui visitado por um agente da Segurança do Estado — disse meu pai à minha mãe numa tarde quente. — José anda falando merda sobre esta revolução que lhe deu tudo... Esqueça que você tem um filho.

— Esqueça você, se quiser — respondeu minha mãe. — Para mim ele será sempre um filho e não me importa o que esse filho da puta do Fidel diz.

O filho da puta do Fidel.

Eu estava presente quando minha mãe disse aquelas palavras e meu pai levantou a mão para bater nela, e, então, agarrei uma faca e disse:

— Não, pai.

Agarrei a faca porque quando meu pai começa a bater em alguém, nunca se sabe como termina. Ele começa a bater e parece que vai se animando a cada golpe, primeiro uma bofetada em minha mãe, depois um chute no meu estômago e depois ele começa a bater na parede com a cabeça, os golpes soam tum-tum e os vizinhos chegam:

— O que está acontecendo?

Tenho quinze anos de idade, meu pai está me olhando, estou diante dele com a faca levantada à altura do peito, ele está olhando para a lâmina da faca que tremelica, e então ele me olha nos olhos. Meu cabelo é comprido, vai quase até o pescoço, se me olho no espelho pareço uma atriz de cinema mudo com um corte de cabelo masculino, mas eu sou Cassandra e levanto a faca na frente de meu pai já sabendo o que vai acontecer, ele vai pegar tudo, ou quase tudo, colocará em uma mala, pegará seus macacões encardidos de mecânico, suas camisas de linho, sua única calça jeans em bom estado, seu jogo de xadrez e seus halteres, os meterá de qualquer jeito em um baú e vai para a casa da russa. Eu o vejo, um homem pequeno, mas com a força de um chimpanzé, arrastando o baú pelas escadas abaixo. Meu pai vai embora e minha mãe me bate com muita força:

— Isso é por ameaçar o seu pai. Não faça mais isso, ninguém deve se meter entre marido e mulher.

Minha mãe vai perder os dois homens de sua vida, meu pai, que na realidade já não era mais o homem dela, era o homem da russa, e logo ela vai perder meu irmão José, mas eu não digo nada. Fico em silêncio, olhando nos olhos dela. Não sou o homem de minha mãe e ambos sabemos disso, ela pensa que sou sua irmã Nancy e, quando ela acha que estou dormindo, ela vem, me acaricia a cabeça e me chama de Nancy e, às vezes, quando ela já bebeu muito, insiste que eu me vista de mulher.

— Venha, faz isso por mim.

Visto os vestidos de mulher magra de minha tia, calço os saltos, me maquio e vou para a sala e ela não me chama de Nancy porque não ousa, seria estimular a minha e a sua própria loucura, mas vejo em seus olhos que ela pensa que eu sou Nancy. Minha mãe também acha que sou veado, que gosto de homens, mas eu não sinto nada. Quando o professor de literatura que falava comigo sobre escritores proibidos me beijou, eu só senti que sua boca cheirava um pouco a cigarros de má qualidade, e quando ele levou minha mão até seu membro ereto eu também não senti nada, foi como agarrar um tubo de carne. Comecei a mexer minha mão porque ele me pediu.

Saio para ver o capitão e os outros jogarem beisebol, na verdade gostaria de voltar ao alojamento, abrir um livro e começar a ler, mas vou me sentar na grama com outros dois soldados e olho para os jogadores. Há dezoito deles, nove em cada equipe. Sete deles não voltarão a Cuba. Eles ficarão aqui, fertilizando o solo da África. Martinez voltará em um caixão feito sob medida. Mas hoje eles parecem jovens e vigorosos enquanto gritam com todo ar de seus pulmões, empunham o taco e correm na grama deste país que nunca viu beisebol até a chegada dos cubanos.

O capitão não olha para mim sequer com o canto do olho enquanto joga, é como se eu não existisse para ele. O Carlos sim, olha para mim e me odeia.

— Marilyn Monroe, vou te matar, bichinha linguaruda — diz ele em um momento em que passa por mim.

Ele não pronuncia bem, é como se as palavras sofressem um processo estranho quando saem de sua boca. Eu não o temo, nem o odeio, apenas olho para ele e sei que ele gosta de mim. Se eu gostasse dele, tudo seria mais fácil, é o que eu acho, mas não é bem assim. Eu também não gosto do capitão, nu da cintura para cima, quase tão musculoso quanto Carlos e muito mais do que Martínez e os outros oficiais. Não gosto de ninguém, estou sentado ao lado de dois outros soldados assistindo ao jogo de beisebol. O mais próximo de mim se chama Alfredo Rojas e é um cara muito magro que torce pelo time do capitão porque é do oeste de Cuba, como ele. O time onde Martínez joga é o time de Havana, embora somente ele seja de Havana, os outros são de Matanzas, Pinar del Río e Villa Clara. O melhor jogador dessa equipe é Agustín, que está definhando na enfermaria com febre.

— Vamos lá, rapaz, vamos lá! — grita Alfredo Rojas a todo pulmão.

O outro soldado, também à minha direita, é Johnny, o roqueiro, eles o chamam assim porque ele ama rock, e diz que quer entrar em combate para matar alguns negros e sul-africanos.

— Eu vim porque estou ansioso para entrar em combate, para sentir o som das AK's e ver os caras caírem como bonecos — diz ele em uma das aulas de preparação política que Martínez costuma dar.

— Não, soldado, você veio aqui para pagar a dívida com a humanidade, para ajudar outros povos, como muitos ajudaram o nosso — diz Martinez em voz presunçosa, e é como se ele acreditasse em suas palavras.

— Sim, sim — diz Johnny —, como queira o senhor, mas por quanto tempo será isso, tenente? Estamos na África há quase seis meses e nenhuma ação, a menos que nos seja permitido ir aos barracos e estuprar algumas negras.

Ele diz isto rindo e todos se matam de rir e Martinez sorri, porque é uma piada e estávamos sentados na terra amarela de Angola e Carlos disse que não deveríamos estuprar aquelas negras, e sim meter bem duro com nossas picas, porque elas são é fogosas, de tanto comer carne de macaco.

— Caçam e comem chimpanzés, por isso que quase não existem mais.

— Como você sabe disso, Carlitos? — Martinez se fez de surpreso, embora todos soubessem que Carlos, ele e outros três soldados foram ao barraco de uma mulata portuguesa que dirigia um bordel e lhe pagavam com leite condensado, saiam de jipe com as mulheres e só voltavam à noite. Com eles estava Marcos, um pequeno sargento da FAPLA que servia como tradutor e guia, todos sabiam, o capitão sabia. O capitão chamava isso de "sair para explorar".

Agora vejo a bola de beisebol viajar de uma luva a outra, vejo os jogadores, fixos na memória, vejo o leopardo à espreita, perto do campo, vejo-o, além dos arbustos que cercam o perímetro, mas mais do que o leopardo, vejo seus olhos amarelos de morto, porque o leopardo já está morto, viemos até a África para matar um leopardo. Então eu sinto alguém se aproximar de mim, quase um gigante, olhando para mim, e em seus olhos dourado-escuros há um ressentimento, que vai além da vida que estamos vivendo, um ressentimento que exala dos velhos navios que atravessam o Helesponto, e recordações do que não foi e já não será, esse gigante tem uma ferida tumefeita na barriga e essa ferida também me olha, me contempla, mas ele não vê o Raul, ou a Nancy, ou a Wendy, ou a Marilyn Monroe: ele vê Cassandra. Eu o vejo e estou de volta em Ílion, de pé nas muralhas, ao lado de meu pai e de meus irmãos mais novos. Ele abraça a mais nova, Laódice, que treme, e seu coração, junto ao meu, batem na mesma toada. Olho para o rosto do meu pai, olho para suas mãos enrugadas que não conseguem mais levantar uma lança, olho para os arqueiros que das muralhas lançam seus dardos, eu olho para Páris e para seus olhos fugidios, Páris que evita olhar para mim. Então olho para baixo e vejo Ájax, vejo o enorme escudo pendurado em seus ombros e vejo sua espada erguendo-se e brilhando com reflexos dourados acima da cabeça de Teucro, meu primo.

— Não! — eu grito, e minha voz se perde no meio da ululação das outras mulheres e dos homens velhos e no estalar das flechas que Apolo impede de atingir seus alvos. Eu vejo cair Teucro, o filho de ninguém e meu amante, eu vejo como este homem que agora olha para mim, Ájax Telamônio, corta sua garganta e depois procura outra vítima. Agora ele está diante de mim, sem que ninguém além de mim lhe tenha visto, e ele me olha com olhos rancorosos. É como se ele estivesse me acusando de algo, como se estivesse esquecendo que ele foi Ulisses, a quem os deuses preferiam acima de todos os mortais.

— Oh, filha de Príamo, as armas do divino Pélida foram feitas para mim, não para o pérfido Ulisses — diz.

— Muito bem, filho de Telamônio, você está certo, mas o que eu posso fazer?

— Nada, eu queria que você soubesse, eu queria que todos soubessem, as armas de Aquiles eram para mim, não para aquele cachorro de Ítaca — diz o espectro e se apaga, areia sobre areia, pó sobre pó.

— Cuidado! — alguém grita e a bola de beisebol me acerta na cabeça.

Estou na enfermaria. Agustín está suando de febre em outra rede. Observo o teto de pano enquanto o ouço gemer bem baixinho. Ele está doente, mas sobreviverá. Em três dias começará a grande marcha, vamos subir nos transportadores blindados e avançar para o sul, pois uma invasão sul-africana foi anunciada.

— O GRANDE DIA está chegando, por favor, realizem todos os seus sonhos, escrevam aos seus pais, mas não lhes deem detalhes. Ninguém nasce soldado, mas vocês já estão forjados em aço. Vamos fazer com que esses racistas sintam quem somos nós, os cubanos.

Isso é o que o capitão nos dirá antes de partirmos. Então ele me dirá:

— Soldado Raul, venha à minha tenda que tenho uma missão para você.

Ele me ordenará baixar minhas calças, justo até os tornozelos e, sem tirar a sua roupa, meterá sua mão direita na minha boca, lambuzará seu pênis com minha saliva e depois me penetrará com força de uma só vez.

— Não grite — o capitão me ordenará um dia antes da partida, e estará chovendo suavemente lá fora. Vou ranger meus dentes, foi o que aprendi em muitas das minhas vidas, ranger meus dentes e me aguentar, esse é o destino que recai sobre Cassandra após rejeitar o amor de um deus, sinto o pênis do capitão perfurando minhas entranhas, ouço-o urrando atrás de mim, e depois ouço-o sussurrar:

— Puta, não deixe ninguém saber disto.

Quando ele termina, sinto como se afundasse, sinto que estou em minha casa e vejo como o piso quadriculado se transforma novamente em um oceano de linhas paralelas.

— Viemos para saldar a dívida com a humanidade — repete o capitão quando já estamos prontos para partir.

Muitos dos soldados não voltarão: Rogelio Isidrón, portador de uma metralhadora que está muito perto de mim, será fuzilado por estuprar uma mulher angolana e na sequência, cravar um punhal em seu pescoço para impedir que ela fale. Ele ainda não sabe, ele ainda nem sequer viu aquela jovem de cintura fina. Vejo isso claramente, se ele acreditasse em mim, eu lhe diria:

— Rogelio Isidrón, não vá ao barraco dia 27 de abril de 1984, por favor.

Mas eu sei que ele não vai acreditar em mim.

Estou muito quieto ouvindo o capitão.

Viajarei no jipe do capitão, serei seu secretário de dia e serei sua mulher de noite, enquanto todos estiverem dormindo. Ele montará uma rede para mim muito perto da sua.

— Preciso tê-lo por perto para escrever cartas, portarias, ordens — justificará, quando lhe questionarem.

Então, enquanto todos dormem, ele me vestirá com um daqueles vestidos que trouxe de Luanda e eu andarei elegantemente ao redor da tenda mal iluminada pela luz de uma lanterna, acenderei um cigarro e cantarei para ele bem baixinho para que ninguém mais ouça.

— Você é Camille, a francesa, eu nunca estive com uma mulher tão parecida com meu amor que ficou em Holguin — dirá e parecerá feliz o capitão que já matou o leopardo, e, por isso, ele pendura a pele na parede da tenda quando montamos acampamento ainda mais ao sul, esperando que os sul-africanos se aproximem. Ouvimos o barulho das turbinas dos Mirages sobre nossas cabeças. Pássaros de fogo que me lembram erínias e, como elas, sei que querem nos enfiar suas garras.

— Os sul-africanos estão chegando, mas poderemos repeli-los, confiamos muito nesta unidade de combate que se cobriu de glória em múltiplas ações — diz o comandante da divisão.

Nós o escutamos de pé, em posição de sentido, sob o sol quente, ele passa na nossa frente com seu uniforme camuflado, acompanhado por oficiais cubanos de alto escalão e um general angolano. Não estamos sozinhos, conosco estão as outras unidades da divisão número cinco. Somos cinco mil homens ouvindo o general e o chefe. Amanhã à noite, Silvio Rodriguez cantará, ele virá em um helicóptero de combate, estaremos na praça organizada com urgência e o ouviremos entoar: *La era está pariendo un corazón, / no puede más, se muere de dolor*, e depois *Ojalá se te acabe la mirada constante, / la palabra precisa, la sonrisa perfecta*, e quando esteja na parte que diz *ojalá pase algo que te borre de pronto*, o capitão me olhará e sentirei seus olhos e isso será como uma mochila pesada em meus ombros.

Estarei sentado na terra de Angola com os outros soldados ouvindo o trovador, cantarei suas canções com os outros soldados, enquanto o capitão olha para mim com ódio. O capitão é muito ciumento, ele acha que eu poderia me apaixonar por algum outro soldado e ir aos arbustos para deixar que me penetrem, e por isso ele me espanca sem motivo. Ele me veste de mulher e me golpeia na barriga e depois diz que é porque me ama. O capitão vai me matar, eu sei, e, se eu quisesse, eu o mataria primeiro, mas não quero.

— *Te molesta mi amor* — Silvio Rodríguez canta agora, sob o céu africano cravejado de estrelas que nós, habitantes do hemisfério norte, nunca tínhamos visto antes de chegar à África. Ao meu lado, quase me roçando com o braço, está um jovem soldado angolano. É estranho, porque seu uniforme não é da FAPLA, mas tem o verde-escuro da UNITA. Levo alguns segundos para perceber que este soldado não está ao meu lado, mas longe, preparando o morteiro portátil chinês com que ele matará Martínez, que agora canta em voz alta *Te molesta mi amor, mi amor de surtidor / y mi amor es un arte mayor, / mi amor es mi prenda encantada, / es mi extensa morada*, e balança a cabeça de um lado para o outro, junto aos outros soldados de uma maneira bastante ridícula. Martínez será o primeiro morto da unidade. Eu olho para o soldadinho angolano, olho para seus braços finos e sinuosos, o nariz largo e os olhos tão escuros. Não posso falar com ele, porque ele não existe, pelo menos ele não existe assim, sentado ao meu lado, ouvindo uma canção de Silvio Rodríguez. A única canção que deveríamos entoar é a que as erínias cantam agora.

"*Ajustado ao pé, ajustado ao pé, ajustado ao pé*" cantam as erínias, e é uma banda de rock formada por uma harpia, duas sereias, um centauro, a Hidra de Lerna e uma quimera.

"*Ajustado ao pé*", elas cantam em voz alta e navegam em caixões cinzentos fabricados em Cuba e que se desfazem quase antes de serem usados.

"*Ajustado ao pé, ajustado ao pé*", elas cantam, enquanto Silvio entoa *El domingo me fui a la sanzala, / me puse las alas, me sentí mejor*.

Tudo isso está resumido na canção:

— Abaixo a escória, abaixo a escória, abaixo a escória, abaixo a escória — meu pai costumava cantar antes de descobrir que seu filho José também estava partindo como escória.

Agora Silvio Rodríguez se cala e olha para a câmera. Eu o vejo parado no tempo, suspenso como uma gota de chuva que nunca chegará a tocar o pó. Vai chover quando outra convidada começar a cantar, uma mulher com um corpo largo e uma cabeça desgrenhada, que vai tirar o microfone das mãos de Silvio, e, olhando além de nós, vai entoar com voz poderosa uma canção que silenciará as próprias erínias, um canto triste e terrível. Estas erínias estavam presentes enquanto Agamenon e eu, lá em Micenas, caminhávamos sobre o tapete púrpura, a cor dos deuses, elas estavam presentes enquanto Clitemnestra e Egisto afundavam as suas espadas em meu peito, elas me observaram agonizar, agarrada à estátua de Atenas. Agora elas nos olham gulosas enquanto Sara González canta:

— *A los héroes se los recuerda sin llanto, / se los recuerda en los brazos / se los recuerda en la tierra, / y eso me hace pensar / que no han muerto al final / y que viven allí...*

Sara González canta e todo o exército cubano move a cabeça de um lado para o outro, sentados na relva de Angola, e alguns até dão as mãos enquanto a ouvem. Todos eles se consideram heróis, até os mais abusadores, como Carlos, que me envia um beijo no ar e sussurra:

— Marilyn Monroe.

As erínias estão com os olhos tão cheios de água que parecem querer fugir de suas concavidades, seus longos cabelos se eriçam e suas garras assumem a cor da grama orvalhada. É notável o quanto eles gostam da canção, que até param de cantar sua melopeia, apenas seguem navegando nos caixões cinzentos de fabricação cubana. Caixões para todos nós que fomos à guerra e nisso estamos, enquanto quinhentos quilômetros ao sul uma coluna de tanques sul-africanos começa a sua marcha, e, em vinte quilômetros ao nordeste, um soldadinho de pele muito negra e olhos fugazes de pantera, que eu não vejo mais sentado ao meu lado, coloca seu morteiro nas costas, se despede de seus camaradas e avança por caminhos conhecidos apenas por aranhas, serpentes e leopardos. Seus passos mal roçam as folhas caídas das árvores. Eu olho para Martínez, vejo seu sorriso altivo de habitante de Miramar, o relógio de fecho dourado em seu pulso, o cabelo quase tão loiro quanto o meu, e fico contente que ele esteja aproveitando seu último concerto nesta terra. Lá em Cuba, seu pai, Esteban Martínez Olivera, cirurgião ortopédico de profissão, do qual o tenente Martínez fala com muitíssimo orgulho, sobretudo para lembrar ao capitão e aos outros oficiais que eles são uns merdas, seres de ar, enquanto ele vem de uma família de ascendência rançosa, está sentado agora mesmo em uma poltrona de madeira envernizada, lendo um romance de Gabriel García Márquez, as palavras caindo como ameixas excessivamente maduras no cérebro do médico que ainda exerce a medicina, mas só opera membros do Comitê Central do Partido e estrangeiros muito bem recomendados. *Nicanor, Nicanor, Nicanor, é assim que a morte chama os seus escolhidos*: o doutor lê e não sabe o que pensar sobre isso. Então se dirige até o banheiro e, ao se olhar no espelho, se encontra com meus olhos.

Tenho quinze anos de idade, espero que a minha mãe me diga boa noite para que eu vá dormir com um:

— Não vá ficar lendo até tão tarde, Raulzito, lembra que amanhã tem escola. Esquenta um copinho de leite com chocolate, filho, você está tão magro.

— Sim, mamãe.

— Você me ama, meu filho?

— Sim, mamãe.

Quando sinto que ela está dormindo, entro no quarto que foi de Nancy e escolho um vestido curto e florido, que sei que me assenta bem, me perfumo com Chanel e me maquio em frente ao espelho do guarda-roupa, ponho os saltos que aquele namorado búlgaro trouxe para ela de Istambul, sapatos de verniz com um brilho quase imperceptível de ouro, pego uma bolsa que também foi dela e que ela comprou em Havana na última vez que viajamos juntos e enfio dentro várias folhas de papel com meus poemas. Estou para sair quando ouço que minha mãe me chama.

— Raulzito, vem cá.

Vou até o quarto de minha mãe, a luz está apagada e mal vejo seu frágil e fino corpo coberto com a colcha. Ela sente o cheiro do Chanel.

— Vai sair, Nancy? Pediu autorização para o papai? Cuidado que a rua está muito perigosa. Se diverte, irmãzinha, mas primeiro me traz um copo de água... que não esteja muito gelada, por favor.

Sirvo-lhe um copo de água, e ela me abraça e diz que me ama com uma voz baixinha que é mais um sussurro, e depois adormece. Abro a porta. Desço as escadas vestido de mulher e os poucos vizinhos, que a estas horas da noite ainda estão sentados nos bancos em frente ao portão do edifício, olham para mim e não me reconhecem. Eu sou uma aparição para eles.

— Olá — diz Clara, que mora em frente. — Você deve ser da família Iriarte, certo? Sobrinha?

— Sim — respondo —, de Havana.

— Você parece tanto com a Nancy — diz Jorge, seu marido, a quem todos no edifício chamam de "O Gordo", talvez por ele ser tão magro. — Seja bem-vinda à Pastorita.

— Obrigada — respondo.

Tomo o ônibus da Rota 6 em direção à Punta Gorda, o bairro mais burguês da cidade. Desço na sexta parada. Caminho pelo calçadão da praia, cheio de gente a esta hora. O meu vestido florido parece brilhar no escuro da noite de Cienfuegos. Me sinto confortável quando me visto assim, ninguém me conhece e eu posso dizer que sou Cassandra e ninguém me olha com estranheza. Eu sou uma moça que vai a uma festa organizada pela Casa de la Trova, em Cienfuegos. Quando chego, no centro da salinha pouco iluminada, vejo, sentado em uma cadeira, microfone na mão, um certo jovem alto, de cabeça raspada, que lê versos onde não há uma única metáfora, versos que escapam do cerco dos dentes, assim como as almas dos guerreiros mortos fugiam dos portões de Ílion. Olho em volta, vejo uma cadeira vazia e me sento ao lado de dois rapazes, um dos quais segura um violão entre as pernas. Ambos estão usando botas russas apesar de estarmos em pleno verão, seus pés devem estar em chamas, penso eu, que estou usando saltos altos e finos. O anfitrião e diretor da Trova, um jovem baixinho, malhadinho, cabeludo e de óculos, e uma moça morena de cabelos cacheados de um jeito que pouco lhe favorece, que mais tarde soube que era a assessora de literatura, aproximam-se com uma bandeja cheia de copos de plástico.

— Gostariam de chá russo? — pergunta a moça, e, sem esperar por uma resposta, ela põe os copos em nossas mãos. Somos cerca de duas dúzias de jovens de ambos os sexos.

Nós sopramos o chá quente, bebemos e falamos, ou melhor, eles falam, eu sou apenas uma moça de olhos azuis que parece alemã ou inglesa e que ambos os homens jovens querem conquistar.

— Qual é o seu nome? — toma a iniciativa o homem com o violão, que se apresenta como Raul Torralba, trovador de Havana.

— O meu nome é Nancy, eu conheço um Raul.

— Ah... e escreve? — perguntou o outro. — Eu sou poeta... daqui, de Cienfuegos, meu nome é Rogelio Iglesias e eu ganhei o Prêmio Provincial de Oficinas Literárias... você quer ler algo meu?

— É para isso que eu vim.

— Também escreve?

— Sim.

— Poesia?

— Sim.

— Mas você fala muito pouco para uma garota tão bonita... Se nota que está muito verde ainda... Você já leu Wichy Noguera? Lá em Havana nos encontramos com Wichy, Víctor Casaus e o gordo Raul Rivero, bebemos muito rum, e às vezes até o próprio Silvio Rodríguez aparece e armamos um grande...

— Silvio me disse que ia me levar em sua próxima tour, para que vá pegando um *training* — intervém o trovador com voz aguda. — Não se incomoda que eu fume?

— Leio muito César Vallejo — digo — e a...

— "Morrerei em Paris numa enxurrada" — recitou o poeta, acentuando muito as palavras —, "um dia do qual já tenho a recordação... são testemunhas..."

— Vamos musicalizar — interrompe o trovador, que já acendeu seu cigarro, depois me oferece um, e, quando o aceito, ele o acende com um isqueiro metálico e me olha nos olhos.

Continuam falando de César Vallejo, cruzam suas pernas como Vallejo, fazem caras de Vallejos tristes e, de fato, seus rostos estão tão magros e fatigados quanto o do poeta peruano naquela foto famosa.

Há várias outras meninas na sala, brancas e negras, quase todas muito magras e mais altas do que eu. Quando a leitura recomeça, escuto versos que tratam de tratores, barcos de pesca, construção de escolas e amor ao trabalho.

— *Me desordeno amor, me desordeno amor, me desordeno* — sussurra uma garota loira, com cara de boxeador e peito voluptuoso que, sem se importar com a poetisa com microfone em mãos que debulha versos que tratam do quão bom que é ir ao internato no campo, se aproximou do trovador, do poeta e de mim com uma dose de rum na mão.

— E você, de onde é? — me pergunta depois de se sentar.

— Sou de Matanzas — respondo. — Vim ver minha tia.

— De que parte? — pergunta o trovador, mas antes que eu possa responder, o organizador da festa aparece novamente:

— Raul, é a sua vez, vá com tudo.

O trovador pega o violão, aproxima-se do centro, onde estão a cadeira e o microfone e, antes de cantar, diz que a gênese da canção com a qual ele vai nos deleitar vem de uma noite em que ele andava pelo Malá Strana, o famoso bairro de Praga, e viu uma garota de olhos muito azuis, uma garota que o lembrava da personagem Alejandra, de Ernesto Sabato.

— Olhos como os dela — continua ele, e me aponta.

O jovem poeta sentado ao meu lado que, naquele momento, roçava meu dedo mindinho com a sua mão direita, resmunga com raiva. Todos os presentes na sala olham para trás e eu quero que a terra me engula, porque sentado em uma das cadeiras mais distantes está um jovem professor de matemática que me conhece da escola. Eu vejo os olhos do professor grudados nos meus, e é como se ele estivesse me lendo, como se estivesse cavando meu olhar com uma pá muito larga e debaixo da areia das praias do Helesponto encontrasse aquele Raulzito invisível, o Sem Ossos. Ele não diz nada, olha para frente. Não sei se ele me reconheceu, mas me inquieto, e desejo que a terra me engula de uma vez, de modo que só consigam ver o meu sorriso.

— Eu já volto — digo ao poeta assim que o violão começa a soar.

— Aonde você vai? Não vai ouvir a música? Você não vai perder muito, é uma merda...

— Volto já — repito, me levanto e saio da Casa da Trova enquanto o trovador, com uma voz estudada para o falsete, solta uma canção que quer soar como as de Silvio Rodríguez.

[illegible]

[illegible]

— [illegible]

[illegible]

— [illegible]

— [illegible]

Agora estou em Angola e só me visto de mulher para que o capitão possa sonhar que visitou palácios distantes e me encontrou em um paraíso de paz, lá no horizonte onde nasce o arco-íris. Eu sou o seu paraíso secreto, às vezes ele me diz:

— Eu vivo para você, Raulzito, eu me levanto para você, Raulzito, eu como e bebo para você, eu comando a tropa para você, eu sou para você, Raulzito.

Outras vezes ele me ordena que eu tire a roupa de puta e me vista como o que sou, um soldado cubano, e quando tiro o vestido pela cabeça, ele me agarra pelo pescoço e aperta, aperta com força. Então me obriga a me virar e me penetra com força de uma vez, dói muito e tenho que morder minhas mãos para não gritar. Quando ele ejacula e começo a me vestir, ele me dá um tapinha sem doer em meu rosto e diz:

— Você está manchando a minha glória combativa.

Pode enfiar sua glória no seu cu, eu penso, mas não digo nada. As palavras cansam e morrem. Como deuses apáticos, elas caem no piso quadriculado do palácio que só existe para a maior glória do capitão que, quando deseja, esfrega a lâmpada mágica e aparece o gênio: "O que deseja, meu mestre?".

— O que eu desejo? Bem, faça deste soldado imundo uma bela mulher, faça-a parecer como minha esposa lá em

Cuba, mas também que pareça Marilyn Monroe, Brigitte Bardot, Olivia Newton-John, e por fim faça desta tenda horrível, que de dia é quente e de noite é fria como a morte, um Taj Mahal, um Versalhes, onde eu possa me perder com a minha senhora e que ninguém nos veja. Vamos, gênio, rápido.

Mas quando o capitão se cansa do jogo, as paredes de mármore e de ouro são apagadas e o piso quadriculado volta a se tornar solo angolano, onde os ossos de Raulzinho descansarão para sempre. Não voltarei a Cuba em um caixão ajustado ao pé. Meus ossos ficarão aqui em terra angolana. "Aos heróis", Sara González canta, com um rosto que parece assustado, sua voz se eleva trêmula, com um toque de amargura e de alarme, como se ela pressentisse o barulho dos tanques sul-africanos avançando pelos aterros empoeirados. Homens com sobrenomes ingleses e holandeses estão vindo nos atacar, liderados por um general de cabelos brancos e com um olhar sinistro, a quem o próprio Pieter Willem Botha deu a missão de massacrar qualquer um que falasse espanhol. E se for em espanhol do oeste de Cuba, ainda mais.

— Diga a eles que falem "espaguete", e se pronunciarem "epagueti", você já sabe, um tiro na testa e já se acabou, ordenaram ao líder dos sul-africanos — nos diz o capitão quando já estamos todos alinhados, prontos para partir, e é claro que ele está brincando.

O capitão não se estremece, nós somos os cubanos, quem pode contra nós? *Se eu avançar me segue, se eu parar me empurra, se eu recuar me mata.* A coluna de tanques sul-africanos avança, liderada por aquele general de olhar turvo que estudou em West Point e que nunca viu cubanos em sua vida, a coluna avança por uma trilha de aranhas, serpentes, mosquitos, hienas, leopardos e macacos que estão em silêncio para vê-los passar, o jovem soldado de Savimbi que carrega o morteiro de 80 milímetros e que vai matar cubanos também avança ao nordeste. Ele avança com amuletos consagrados pelo sacerdote de Xangô, seu orixá de cabeça, ao redor de seu peito e de seu pulso. Avança o destino de Martínez na forma daquele jovem soldado negro com um morteiro portátil nas costas e avança nosso próprio destino, o de todos nós e o do capitão e meu, avança com a sucessão de dias e noites. Vamos sair para o campo despovoado para enfrentar os tanques do inimigo racista, aço contra aço, homem contra homem, o dia está chegando, os deuses estão conosco, todos os deuses e os guerreiros mortos em inúmeras batalhas, os devorados por leões e hienas, os flagelados pela estiagem e pelo frio noturno, os despedaçados por chicotaços, os enterrados vivos em minas de diamantes, os que viram seus familiares e amigos serem levados para a América sem voltar jamais, os que viram seus familiares e amigos serem levados para a Europa para serem exibidos em gaiolas, todos esses estão conosco. Vejo Xangô, Iemanjá, Obatalá, mas também vejo Apolo, Ares, Artemis e Atenas. Somos um exército de vivos e de fantasmas que se levanta uma manhã ao nascer do sol e ocupa uma posição que nos permite ver os veículos de combate inimigos e, de repente, sentimos algo trovejar sobre nossas cabeças e são os MIGS 21 voando para o sul, cercados por harpias e quimeras, seguidos por pégasos e erínias. O dia da morte está chegando.

— Não vou lhes dizer que vocês são da linhagem de Maceo, porque já sabem disso, só estou anunciando: chegou a hora da verdade, a hora de provar se são homens ou baratas — diz o capitão, olhando para todos nós, que já estamos com o equipamento de combate nas costas.

Estamos de pé na praça, prontos para embarcar nos transportadores blindados, à esquerda está o quinto regimento de tanques da glória combativa e, à direita, o oitavo batalhão de artilharia pesada, também da glória combativa. Somos o sexto batalhão de infantaria motorizada e nossa glória combativa ainda está por ser vista.

— Por Martínez! — diz o capitão, porque Martínez já está morto.

— Por Martínez! — gritam todos.

— Por Martínez! — grito eu também, ainda que nunca tenha gostado dele.

— Em combate! — dizem depois.

Vou montar no transporte blindado com meu esquadrão, mas o capitão diz:

— Venha comigo, soldado Raul Iriarte.

Eu entro em seu veículo, ao seu lado, atrás do motorista e do artilheiro. O capitão posiciona o microfone do equipamento de rádio perto da boca e eu o ouço dizer em voz grave "a todos os ursos, a todos os ursos, iniciar a marcha", e então os motores rugem e nós entramos em movimento. Nós vamos à batalha, Cassandra vai à batalha, mas não há brilho na batalha, apenas confusão, fedor e morte. Nós somos os noivos da morte. Eu sou a noiva da morte. Teremos que sair do transportador blindado quando chegar a hora e nos movermos através da grama alta com o AK pronto em nossas mãos.

— Eu quero matar um soldadinho do apartheid — canta o motorista do veículo, com uma voz aguda de falsete.

Não quero matar ninguém, pensa Cassandra, sentada ao lado do capitão, limpando o suor de sua testa com um lenço muito pouco militar, mas sei que não é meu dia e isso faz com que o medo, como a pele velha de um lagarto, me abandone. É o dia deste soldadinho que canta, um projétil dividirá o veículo em dois quando o capitão e eu já estivermos caminhando sobre a planície africana. Somente o motorista morrerá, o artilheiro terá tempo para saltar na relva. O motorista se chama Osmel González Izquierdo e teria sido um ator, mas quis o destino que a espada cortasse o fio de sua vida aqui, em Angola, tão longe dos teatros de Havana. Ele canta despreocupado, sem suspeitar que sua canção está ganhando ares de canto lúgubre. Cadáver não enterrado, ele vagará no campo de batalha até que, muitos anos depois, seja transportado para Cuba, não mais um caixão ajustado ao pé, mas em uma caixa pequena, onde somente ossos e poeira podem viajar. Um batalhão avançando sobre a relva, é o que somos, porque já estamos caminhando com nossas baionetas agarradas, e o capitão e o pessoal do batalhão estão próximos dos exploradores. Atrás estão as cinco companhias e seus esquadrões. Atrás de mim, porque vou ao lado do capitão que tem o fuzil nas mãos, está Carlos, o líder do meu esquadrão, que não me sussurra Marilyn Monroe, mas tem os olhos muito bem abertos. Meus olhos são olhos de pantera também, e também os do capitão e os de todos os outros.

— Espalhem-se — ordena o capitão, e nós nos afastamos uns dos outros.

Eu matarei um soldado sul-africano de olhos azuis, meu Zeus, vou encontrá-lo entre a relva, e o meu fuzil vai vomitar uma explosão que vai cortá-lo ao meio, vou ao encontro desse soldado, justamente hoje comecei a sonhar com ele, eu o vi em sua fazenda bôer, barbeando-se em frente ao espelho, vestindo apenas suas calças militares.

Alto e deselegante, com sobrancelhas muito cheias e um olhar cansado, o soldado de primeira, o chefe, Ernest

Naaktgeboren, filho de um pastor presbiteriano e de uma dona de casa, fanático por Led Zeppelin e por cavalos, quis estudar em West Point, mas foi recusado por conta de sua escoliose severa. Ernest carrega um amuleto debaixo de seu casaco militar para protegê-lo dos encantos e das balas dos negros, mas isso não o protegerá de minhas balas ou da sorte, que torcerão seus pés como um emaranhado de videiras e fará com que ele caia de bruços sobre uma pedra enquanto seus camaradas da primeira companhia do vigésimo sexto batalhão de infantaria motorizada da África do Sul recuam.

"Os cubanos são bruxos" sussurram os fantasmas, "há algo nos cubanos que não está totalmente bem", murmuram as mulheres sul-africanas lá muito longe da linha de frente, enquanto rezam a seu Deus só para os brancos. "Os angolanos que se vestem com roupas cubanas tornam-se ousados, imprudentes, porque são uniformes enfeitiçados", sussurram nos quartéis, e os sul-africanos sentem a agitação dos espectros vingativos que nos cercam, todos exceto você, Ernest, que ficará escondido no meio da relva quando seus camaradas já tiverem recuado e eu atirarei em você, não poderei evitá-lo porque o polegar de Raul Iriarte, cidadão cubano com ocupação cidadão de infantaria motorizado, afundará no gatilho da AK antes que Cassandra possa intervir.

Eu me agachei na relva alta, tirei seu capacete e olhei para o rosto de Ernest Naaktgeboren, as mãos ásperas do camponês cobertas nos dorsos com um cabelo aloirado que me lembrou as mãos de meu pai, o corpo longo e magro com o uniforme camuflado que começava a inundar-se de sangue escuro, os pés calçados com botas amarelas de sola grossa. Limpei o sangue de seu rosto com meu lenço e então seus olhos, que giravam loucamente em suas órbitas, conseguiram me ver, mexeu os lábios, disse algo que eu não entendi, aproximei o cantil de sua boca, mas antes que ele pudesse beber, começou a tremer, ele se tremia todo, até mesmo a grama ao seu redor tremia. Eu sentia os passos dos meus companheiros se aproximando e não queria que eles vissem que eu era capaz de matar. Eu me levantei e o deixei para morrer sozinho.

O soldado José Ocampo Guillén, da terceira companhia, reivindicou a responsabilidade pela morte. Aquele soldado carregou o meu morto enquanto eu ouvia como o capitão me chamava no meio da grama alta:

— Raul, onde você está?

Ninguém mais na unidade matou um sul-africano, o combate corpo a corpo não ocorreu, o batalhão de artilharia reativa, os aviões e os tanques os haviam forçado a atravessar a fronteira. Uma grande vitória.

— Eu matei um — gritou o soldado José Ocampo Guillén e disparou três disparos curtos contra o cadáver, o meu cadáver, o cadáver de Cassandra, um homem morto no meio da grama alta da planície, vestido com o verde acinzentado do inimigo.

Verificarão seus documentos e verão que seu nome era Ernest Naaktgeboren.

— Camaradas, hoje já podemos anunciar que foi repelida a tentativa de invasão das forças imperialistas e do apartheid que se atreveram a pisotear a sagrada terra angolana — disse o comandante-chefe por todas as estações de rádio que existiram e que vão existir, até o Olimpo chegou a emissão radial e você, meu pai Zeus, arrancou as suas barbas, e pensou que esses cubanos estavam prestes a superar a glória dos espartanos nas Termópilas e, orgulhoso da tua onipotência, você nos enviou a peste da cólera e toda a divisão acabou doente, com uma febre de quarenta graus, quando voltamos ao acampamento. Até os tanques e os transportadores blindados pareciam doentes, e os aviões voavam cabisbaixos e as bandeiras angolanas e cubanas não se erguiam soberbas, apesar do vento soprar constante. Eu adoeci e o capitão era agora um major, embora Havana ainda não tivesse confirmado sua promoção, e o nosso batalhão era agora da glória combativa, embora tivéssemos matado apenas um sul-africano, aquele soldadinho que cruzei com um estouro de metralhadora, primeiro eu e depois José Ocampo Guillén, que foi promovido à soldado de primeira e condecorado com a Ordem de Valor. Fomos para as nossas mortes, hienas, leopardos, antílopes, serpentes, aranhas, deuses e orixás nos viram passar tremendo, vimos os tanques, vimos a artilharia reativa e os canhões de 130 milímetros, vimos os MIGS voando sobre nossas cabeças, vimos as pesadas metralhadoras de nosso batalhão, vimos o canhão de nosso AK apontado para o sul, de onde vem o sul-africano, e vimos o fogo subir na terra da África e comer o mundo, e eu vi Ares, nu e com seu corpo musculoso ungido, afastar os altos matagais enquanto avançávamos em busca de quem matar. Eu vi Ares, que sorriu para mim, e disse:

— Cassandra, se estou com você, quem estará contra você, Cassandra.

ESTOU NO PÁTIO da escola, tem chovido, é por isso que o piso quadriculado está cheio de folhas amarelas da amendoeira e um cheiro agradável entra pelo nariz e faz você querer espirrar, e o busto de Martí tem uma borboleta preta pousada em sua cabeça careca, que abre e fecha lentamente suas asas como se tivesse todo o tempo do mundo. Tenho onze anos de idade e um colega estudante decidiu me bater porque eu estava olhando para sua namorada. Eu não gostava particularmente de sua namorada, mas foi bom me sentar perto dela e ver sua mão hábil desenhar cavalos no caderno de matemática, cavalos com asas que me fizeram voltar a Ílion e lembrar a vasta planície onde meu irmão Heitor me ensinou a cavalgar, muito antes de que Páris aparecesse com Helena e nos trouxesse a desgraça. A garota, esbelta e com as coxas sinuosas, uma jogadora de vôlei, para ser mais preciso, ao notar que eu a observava, levantou a folha e me mostrou aqueles palafréns que corriam na planície de linhas paralelas do papel, e quando ela sorriu, eu sorri, isso e nada mais, mas esse fato foi suficiente para o namorado, com sua vasta cabeleira e com as pernas sempre inquietas que nunca paravam de se mexer enquanto o professor tentava fazer a turma avançar, se irritou comigo e me enviou uma folha arrancada de seu caderno que dizia: "Vejo você no recreio, Sem Ossos, vou ti foder todim".

Eu já estava fodido antes de ele me ameaçar.

O sinal toca, tão abrupto quanto um apito de um trem avançando pela planície do oeste. Os adolescentes fogem da sala de aula sem esperar que a professora de inglês termine de ler o poema de Milton.

— *And welcome thee, and wish thee long*, diz a professora só para mim, me olhando com aqueles olhos profundos, maiores que seu rosto, e então ela agarra as pastas do topo da mesa e sorri para mim com infinita paciência, e como eu sigo olhando para ela, ela me pergunta muito séria:

— Gostou do poema?

— *Yes, teacher*.

— Você já pode sair — diz ela.

Vou para o intervalo, Atenas me prometeu que não será inconstante e que estará no combate comigo. O menino está me esperando no meio do pátio com os braços no ar, ele é alto para sua idade, eu sou o mais baixo da classe, só um pouco mais alto que um aluno do quinto ano e já estamos no sétimo. Não sou páreo para ele e ele sabe disso, mas está prestes a me dar uma lição, e os adolescentes, meninas e meninos, começam a me cercar e um diz "quem acertar primeiro, pode bater duas vezes" e outro "tira o cabaço dele".

— Bate nele primeiro, ali entre os olhos — incita Atenas, transfigurada no corpo de Obatalá — Agora!

Eu me aproximo.

— Por que você estava olhando para minha namorada, Sem Ossos de merda? — o menino pergunta, e sua voz soa infantil, quase inocente. Ele é o mais novo da sala, mas o mais alto ao mesmo tempo.

— Ela desenha muito bem — respondo. Ele não gosta da resposta e me bate, com força, na cara, tão forte que eu caio sobre o cascalho.

— Levante-se, Cassandra — Atenas ordena e me estende a mão, mas eu prefiro ficar sentado no chão.

— Sem ossos! Sem ossos, Sem ossos! — gritam meus condiscípulos e eu, com um intenso olhar de reprovação, digo a Atenas que Cassandra nunca foi uma Amazona. Quando volto para casa, já disseram ao meu pai que me bateram e me levaram à lona, não importa para ele que minhas notas sejam sempre altas e que o professor de espanhol pense que posso me dedicar à poesia, não é suficiente para ele que eu me saia muito bem na educação física apesar de ser tão magro que pareço inexistente. Não é suficiente para ele. Ele quer que eu seja um homenzinho e me bate na cabeça com suas enormes mãos de mecânico de automóveis, mãos que têm pouco a ver com seu corpo que parece mirrado quando está vestido, mas que é só músculo quando está pelado. Meu pai costuma comer dez ovos no café da manhã antes de dar um beijo em minha mãe e se mandar em seu carro velho. Para o meu pai, a falta de coragem é o maior pecado que alguém pode ter, seja homem ou mulher, meu pai ruge como o leão de Nemeia e cospe como a Hidra de Lerna quando ouve que bateram em seu filho mais novo e ele não fez nada, ele não pergunta onde estavam as professoras nem nada disso. Estamos sentados à mesa de jantar, os varões da família: meu pai, meu irmão, que odeia meu pai, mas que assente com a cabeça para tudo o que ele diz, e eu.

— Vamos lá, me conta como foi — diz ele devagar, com um sorriso que conheço muito bem, enquanto brinca com as chaves do carro. Depois, ele serve uma dose de rum para mim e outra para meu irmão e duas doses para ele, que bebe sem tirar os olhos de cima de mim.

Meu irmão também bebe e olha para mim. É a primeira vez que bebo algo tão forte e o líquido não desce pela garganta, seguro tudo na boca por um tempo e olho meu pai nos olhos, e ele diz em sua voz rouca:

— Engole.

Engulo e espirro.

— Agora me conta — diz meu pai, e eu lhe conto sobre a menina que desenha e se chama Marlene, e sobre Joaquín, seu namorado mal-humorado, que me incitou a brigar, e como eu achava errado brigar porque minha mãe e a russa...

— O que a russa tem a ver com isso? — pergunta meu pai, mais furioso.

Ele bebe outra dose.

— Continua — diz ele.

— Não está certo brigar, menos ainda na escola — digo que foi minha mãe quem disse, porque depois eles colocam isso no meu registro e arruínam meu futuro e...

— Cala a boca agora — meu pai diz e aproxima sua mão direita da minha cara, eu posso ver as unhas sujas e despontadas, que parecem mais cortadas com um facão do que com uma tesoura, e os dedos que, quando vistos de perto, se assemelham aos de um sapo-cururu gigante.

Então ele empurra a cadeira enquanto se levanta e me pergunta:

— Você é veado ou o quê? Amanhã vou à escola com você.

Meu irmão toma uma dose, olha para a gente, e depois dá de ombros.

— Olha lá, vocês — diz ele.

Gostaria de ser meu irmão.

Eu vou à escola com meu pai. Ele é um ignorante, com apenas o nono ano de escolaridade e um cursinho de mecânico em que passou raspando, e é baixinho e tem as mãos enrugadas, mas eles o respeitam, porque de seus olhos azuis escapa uma raiva que o torna quase um gigante, uma brutalidade sem limites. Meu pai tem os olhos de um assassino em série. Ele chega muito cedo, quando os jovens ainda estão esperando a escola abrir.

— Onde ele está? — pergunta ele.

Aponto o Joaquín, que está sentado com Marlene e outra adolescente na entrada de uma das casas vizinhas da escola.

— Ei, você, venha aqui — diz meu pai tão alto que muitos dos estudantes olham para ele.

— Tá falando comigo? — pergunta o jovem, com displicência.

— Sim, com você, e você me respeite, eu não sou o merdinha que você abusou com esse tamanho, então fica quieto e vem aqui, que é melhor para você.

Meu pai olha para ele com tanta ferocidade que o adolescente, intimidado, se levanta e se aproxima.

— Diga ao seu pai que eu quero ver ele aqui amanhã — diz meu pai — Diga a ele que não quero ter que ir buscá-lo em sua casa.

Meu pai usa a coragem que eu não tenho, ele acha que deve ser corajoso por mim, que não sou nada. Ele vai bater no pai do garoto, um conhecido treinador de atletismo que tem quase um metro e noventa e pesa noventa e cinco quilos de músculos. Ele sairá vitorioso como quase sempre sai, ainda que com o nariz quebrado. Vai ser a última grande vitória do meu pai no transcurso da minha vida. Então eu vou embora para Angola, Cassandra vai embora para Angola sem levar seus vestidos brancos e meu pai terá orgulho de seu filho, que não voltará e então, quando eu morrer, ele dirá "por dois centímetros" quando se lembrar de mim, porque se eu fosse dois centímetros mais baixo, eu não teria sido aceito no exército.

Apenas um resíduo de soldado, vestido de mulher à noite quando ninguém observa, a mim e ao capitão, desfrutando das vantagens do himeneu, pois tenho que escrever as cartas destinadas às mães dos mortos. À mãe de Osmel González Izquierdo, motorista do transportador blindado que foi dividido em dois por um projétil de fabricação chinesa. À mãe de Raul Isidrón, o operador do lança-mísseis antitanques da companhia, que não vai mais desenhar odaliscas nuas para seus colegas se masturbarem pois foi atingido na testa por uma bala de rifle de fabricação israelense que abriu um buraco muito grande em sua cabeça. À mãe de Alberto Guerra, que foi levado pela malária em uma manhã quando eu também estava delirando de febre e vi desmaiar porque estava muito perto de mim na enfermaria, e que depois começou a convulsionar, vi os enfermeiros e o médico correrem em sua direção, mas já era tarde, ele não sobreviveu. À mãe de Roberto Rovira, um rapaz de Nuevitas que conhecíamos como Camagüey, e que pisou em uma mina e voou pelo ares, ele subiu tão alto que quando voltou já não encontrou a si mesmo. Às mães dos tenentes Bernardo Álvarez e José Cifuentes, comandantes da primeira e da terceira companhia, mortos por um míssil que atingiu o jipe que Bernardo dirigia. Pela morte desses oficiais, o relatório deveria informar que: "As baixas foram poucas, mas significativas".

— Vamos fazer uma pausa — diz o capitão e ordena que eu tire minha roupa.

Ele me quer com o vestido azul, aquele que não gosto porque me faz parecer ainda mais magro do que eu sou, e me faz me ver transparente.

— Quero que você cante para mim — diz o capitão, porque lá fora há uma chuva de ruídos assustadores, e assim ninguém vai aparecer para interromper nossas brincadeiras. — Finja que você está segurando um microfone e que é Olivia Newton-John e me cante algo bonito, canta Xanadu para mim.

— Sim, capitão — respondo.

— Não me chame de capitão, me chame de "capi", como eu gosto.

Sim, eu digo e começo a cantar com uma voz de espantar leopardos, mas ele gosta. O tronco do seu pênis começa a se levantar porque eu passo minhas mãos pelo meu corpo e levanto um pouco meu vestido, não muito, apenas um pouco, para parecer uma menina virgem, mas que ao mesmo tempo se insinua. Ele toma uma longa dose, tira seu casaco militar e o pendura na parte de trás da cadeira para que não amasse. Está quente dentro da tenda e todo o corpo do capitão brilha de suor e ansiedade. Eu também estou ansioso, há algo no ambiente que eu não gosto. Estamos sendo vigiados, eu sei disso. A noite está cheia de olhos, meu Zeus, que nos observam. Como filho do deus dos cristãos, logo poderei dizer: "Tudo foi consumado!". Será feita a sua vontade, meu Zeus, mas o capitão ainda não sabe disso, ele pensa que é apenas um instante, o que, na realidade, é eterno.

— Estamos grudados no mármore — digo eu, que paro de cantar e de fingir que tenho um microfone nas mãos e o olho nos olhos diretamente, mas ele não me ouve.

— Suba na maca e cante de lá — diz ele.

Ele ainda está sentado na cadeira de lona, é noite alta, a luz do candeeiro faz com que cada um dos meus gestos e dos dele se pareçam com movimentos de espectros e que possamos projetar a nossa sombra sobre esta realidade que não nos merece. A menos de cinquenta metros de distância, está a tenda onde dormem os oficiais do quadro superior do batalhão. Se eu cantasse mais alto, eles poderiam ouvir a voz de Cassandra tomando ares de uma cantora pop. Ares de Olivia Newton-John.

— Dança — pede o capitão, e eu me movo no colchão como eu fazia nos cabarés de Cienfuegos, quando eu tinha quinze anos, quando me vestia de mulher e ia dançar sob as luzes que acendiam e apagavam como as tochas que rodeavam a estátua de Atenas quando Ájax me agarrou pelas panturrilhas, rasgou meu vestido e ali mesmo, diante da imagem da deusa, me estuprou e selou seu destino. Eu danço dentro da tenda do capitão, sobre minha cabeça está a lona militar cinza e além da lona todo o céu africano e suas estrelas, que não são as estrelas de Raulzito, o Sem Ossos, são as estrelas de Cassandra. Eu danço e de repente começo a convulsionar, vomito um catarro verde e vejo uma mulher que também dança, que também é loira e de olhos azuis, e que também está usando um vestido, mas em seu caso é florido, ouço a música muito alta. *Lucy in the sky with diamonds*, os Beatles cantam e de repente ela para de dançar, limpa o suor de sua testa com um lenço muito branco, um homem lhe oferece uma taça, ela sorri, toca o copo com os lábios, bebe, seus olhos se reviram, ela cai no chão e convulsiona como eu. Eu olho para o seu rosto de traços afilados e a reconheço, ela é a mulher do retrato que o capitão carrega de acampamento em acampamento, ela é a mulher que o capitão ama, minha rival lá em Cuba. Ela vai morrer em uma semana, eu sei, mas não digo nada, tento continuar dançando e caio na maca, ainda estou muito fraco, as febres me exauriram.

Éramos todo um exército febril que avançava através das colinas verdes de Angola, de volta ao antigo acampamento.

Um exército de moribundos homens vitoriosos, o povo nos aplaudia enquanto passávamos.

— Cuba e Angola! — gritavam.

— Qual é o seu problema? — diz o capitão e me esbofeteia com a mão dura de militar. Você ainda está com febre?

Arruinei a diversão do capitão, seu pênis ereto desta vez não derramará seu sêmen dentro do meu ânus. Não lhe agrada ver que meu rosto, que ele via como o de uma estrela de cinema australiana, volta a ser a cara vulgar de um recruta cubano com quem deve se preocupar. Ele está furioso comigo. Dias ruins virão para Cassandra, eu sei, ele não vai gostar de saber que é viúvo de uma mulher de verdade, agora casado comigo, que não sou nada. Quando chegar a carta informando-o da morte de sua esposa e perguntando se ele quer ir à Luanda de helicóptero e depois pegar um avião para Havana, e de Havana para Gibara onde o enterro será realizado e onde seus sogros impossíveis de consolar estarão esperando por ele, ele dirá não, se perguntará "para quê? e, e por três dias, não sairá de sua tenda, uma espécie de Aquiles de cabelo preto e bigode cheio.

— Vá embora, volte para seu abrigo — ele me dirá, olhando para a terra avermelhada com os olhos opacos de dor.

— Sim, capitão — direi, e não conseguirei pensar em outras palavras para confortá-lo. Estarei diante dele, parado, quase que em continência, e pela primeira vez terei vontade de abraçá-lo e não de dar um tiro na sua nuca.

— Some logo, caralho — ele dirá então, e seus olhos serão duros, de pupilas estreitas e caninas.

Vou pegar meu rifle, minha máscara antigás, minha pá de infantaria e minha mochila, e voltarei ao esquadrão de Carlos, que já viu a morte, mas não os seus mortos; segundo ele, ele teve tempo de lançar uma rajada contra um grupo de soldados sul-africanos em retirada.

— Alguns desses branquinhos devem ter deixado o parque — ele está dizendo aos membros da equipe, que o ouvem em formação, e ele olha para mim com ódio quando eu apareço em sua frente e faço a saudação militar.

— Peço licença, sargento, para me unir à formação.

— Marilyn Monroe está de volta, o esquadrão está fodido. O que você andou fazendo por tanto tempo, garota? — diz ele, se aproximando de mim e fingindo uma voz feminina que provoca risos nos soldados — Responda, é uma ordem! — ele grita, porque me calo — Fala, que é melhor para você — diz, enquanto sigo calado, mas já então desembucho.

— Estava escrevendo cartas para os mortos — respondo, e ele acha que é uma ocupação misteriosa, digna de respeito.

— Se tiver que escrever a minha carta, diga à minha mãe que eu morri como um herói, não vá colocar nada fodido porque eu saio da cova para puxar você pelas pernas, está claro?

Cartas para os mortos, cartas para a família dos mortos. *Hoje tenho a triste missão de informar-lhe que seu filho, um digno soldado de nossas amadas Forças Revolucionárias Cubanas, caiu em uma missão de combate, cumprindo honrosamente seu dever como soldado internacionalista. É uma grande honra para nós ter lutado com ele e sua lembrança viverá para sempre em nossos corações.* Cartas para os mortos que, quando chegam a Cuba, fazem as mães se levantarem de suas poltronas e permanecerem em suspense, não acreditando no papel que lhes diz que seu filho já não existe. Cartas para os mortos, cartas terríveis que não deveriam chegar, mas que, como uma inundação, chegam, uma a uma, como gotas de chuva que caem sobre um telhado descuidado. Quem escreverá a carta que diz que eu estou morto? Ninguém, porque meu corpo não aparecerá, não deixarei Angola, serei varrido pela corrente reversa do tempo e retornarei a Ílion e me tornarei Cassandra novamente. Regressarei aos intensos compromissos com o nada. Você consegue ouvir o tremendo e sombrio silêncio dos deuses? Consegue? Então você não está nem vivo nem morto, está suspenso naquela massa gelatinosa que chamamos de Empíreo. Estou aí agora, flutuando no nada, fazendo meu retorno a Ílion, onde estarei novamente no ventre de Hécuba e voltarei a ser a odiada dos deuses, serei Cassandra novamente, a louca, a que ninguém acredita. Voltarei, sim, mas agora estou no pátio da escola apertando minha barriga, porque me bateram novamente. Eles sabem como bater, afundam o punho dentro de você e você sente como a carne do outro começa a se fundir com a sua carne, e então, quando você cai, eles cospem na sua cara e te chamam de "Sem Ossos" e "Sem ossos" é como um anúncio, uma ordem para que todos comecem a gritar. Apolo está entre eles, só eu posso vê-lo, está disfarçado de Xangô, olha para mim e grita "Sem Ossos!" quando chega a professora de matemática:

— Mas, crianças, por favor, até quando isso?

— É que este Sem Ossos é um fresco — diz Ernesto.

— Ele não se chama Sem Ossos — diz Carmen, a única aluna que protesta quando eles me batem e que foi contar à professora. — Seu nome é Raul.

— Saiam de perto! — diz a professora. — É inacreditável que se comportem assim, já estão muito velhos para isso, abusadores.

— Ele que pediu, é um contrarrevolucionário — diz Juan Carlos com um sorriso —, estava lendo um livrinho proibido.

— E você que ouve músicas de roquenrou? — diz Carmen.

— Isso não é proibido, e você não se mete na história, garota!

— Não se mete, não se mete, não se mete… seu abusador! Isso é o que você é. Professora, ele foi o primeiro que chutou, pode perguntar para a Isabel.

Isabel assente com a cabeça:

— Sim, profe, Raulzito não tinha feito nada e o Juan Carlos começou a chamá-lo de Valentín e o Raulzito mostrou a língua para ele, e foi isso... aí você já sabe, ele deu um socão na barriga do Raulzito, que caiu no chão e caiu foi feio, todo mundo estava gritando "Sem Ossos! Sem Ossos! Sem ossos!". Tive muita pena dele, quis até chorar... estes meninos são uns...

Acompanho a conversa ainda do chão, e decido não levantar.

— Silêncio, que isto aqui não é uma assembleia de prestação de contas do poder popular! — diz a professora. — Vamos para a sala de aula, pessoal, o intervalo acabou, estão todos de castigo, e eu não quero mais saber desse abuso!

Quando eles vão para a sala de aula, a professora de matemática me dá a mão e me ajuda a me levantar.

— Vai ter que se defender, um jovem revolucionário tem que saber se defender, especialmente quando ele é o menor da sala, um toco de gente, mas talvez você faça algo que provoque essa rejeição, Raulzito, o que pode ser?

— Não sei.

— Você sabe demais, não saiba tanto, deixe os outros responderem também... Eu sei que você está lendo livros e isso é muito bom para sua cultura, mas deixe-os em casa, aqui quase todo mundo é esportista, uns brutos, e eles têm birra de você por isso...

— Sim, senhora.

Vou para a sala de aula com ela, me sento na minha mesa e mexo os pés enquanto a ouço dizer que devemos nos respeitar mutuamente.

— Mas Raul não é um revolucionário — diz Ariel, um menino quase tão pequeno quanto eu e quase tão magro, mas muito inquieto. — Quem é veado não pode ser revolucionário.

Risos na sala de aula. A professora olha para mim e suspira:

— E quem disse que Raulzito é veado? Ele só tem dez anos e vocês mal saíram das fraldas para saber o que é ser veado... Vocês querem que eu conte aos seus pais? Querem?

Silêncio na sala de aula, ninguém quer isso, nem mesmo eu. Muito menos eu.

VOLTAREMOS A OUVIR os mortos, voltaremos a ouvi-los batendo suas asas sobre nossas cabeças como pássaros assustadores que os outros não percebem claramente, somente eu os entendo, só eu em toda a unidade, eu os vejo olhando para mim enquanto se transformam em um redemoinho infinito, Aquiles perto de Héracles com o seu cajado, Héracles perto do grande rei zulu Shaka e um general do Napoleão, cujos olhos se encheram de água quando ouviu aquilo sobre os *soldados, do alto dessas muralhas, trezentos séculos nos contemplam*, o general ao lado de um jovem guerreiro banto que morreu antes de ser escravo, engoliu sua própria língua diante dos olhos dos portugueses que já o arrastavam ao navio que o levaria para a América, o rei Shaka perto de Ájax Telamônio, Ájax Telamônio perto de Ájax de Lócrida, Ájax de Lócrida perto de um faraó egípcio, Quéops perto de uma mulher violada pelos sul-africanos, uma bela mulher que me olha com olhos tristes, aquela mulher perto de meu irmão Heitor que não me responde quando eu o chamo sem abrir a boca, somente com meus olhos eu chamo meu irmão Heitor que vai embora cabisbaixo por não ter sabido proteger Ílion.

O redemoinho dos mortos como nuvens escuras de tempestade acima de nós.

Os mortos devem ser conjurados, uma oferenda é necessária, por isso matamos o leopardo.

— Vamos nos encarregar disso — diz o capitão, e ele sai muito cedo no jipe, acompanhado por Martínez, tenente Amado e Carlos, que além das AK carregam um fuzil com mira telescópica.

Eles compram um porco na aldeia e o amarram a uma árvore para atrair o leopardo. Eles voltarão dois dias depois e jogarão a carcaça do leopardo no meio da praça de terra pisada onde se reúne o batalhão, tudo para tranquilizar os mortos. Mas eles não sabem que é para isso, eles pensam que estão obedecendo às invocações dos notáveis da aldeia, não sabem que por trás da morte do leopardo há mortos antigos, tão velhos que os vejo embaçados, está minha mãe Hécuba que não me quer de volta, ela quer que eu viva mesmo que seja na forma fugaz de Raulzito, o Sem Ossos.

— Leia — me diz, e eu volto a ler aquela parte onde diz *Camarada capitão, é seu dever ser forte, porque a Pátria, a Revolução e os filhos da Pátria sob seus cuidados precisam de você. Temos o doloroso dever de informá-lo que há três dias sua jovem esposa Katerina Rodríguez Morales sofreu uma grave intoxicação após ter consumido licor cremoso preparado erroneamente com álcool de madeira. Os membros da equipe médica do Hospital Provincial de Holguín fizeram todo o possível para salvá-la, mas foi impossível. Ela faleceu rodeada de cuidados.* Quando terminei, ele me pediu para ler novamente e quando li a parte em que dizia que ela tinha falecido, seus olhos se encheram de água novamente, ele me abraçou e repetiu que eu me parecia com ela e me bateu com força no estômago porque eu não sou ela. Fiquei caído no chão, em posição fetal, cobrindo minha cabeça com os dois braços, no caso de o capitão pensar em me golpear novamente. Estou gostando quando ele me bate, assim violento, sem trégua. Sua esposa está morta, morreu enquanto éramos um batalhão de sombras retornando de uma madrugada vitoriosa, morreu em Cuba, em Holguín, onde não deveria acontecer nada, enquanto o redemoinho de mortos nos pedia sacrifícios humanos, Agamenon primeiro. Ela morreu para que as febres parassem e nem um soldado mais morresse, mas não posso lhe contar isso. Eu não estava ao lado dele quando aquele tenente enviado expressamente pelo Estado-Maior da divisão, cujo novo uniforme parecia preto no meio da tarde angolana, olhou nos olhos do capitão, lhe entregou a carta e lhe disse que deveria lê-la imediatamente, diante dele, mas para que se sentasse primeiro e fosse forte, um homenzinho cubano, um verdadeiro macho, porque em momentos como estes é que os homens são testados.

— Toma uma bebida — insistiu o tenente. — Vamos! Do rum mais forte que tiver.

O tenente alto, de pele escura e com a voz profunda de um barítono, se consolava escutando a si mesmo, enquanto meu capitão calmamente abriu a garrafa de Havana Club que guardava para ocasiões especiais, calmamente pegou dois copos de cristal gravados que lhe foram presenteados por um capitão do exército português, calmamente verteu o rum, calmamente se sentou, calmamente olhou o tenente nos olhos por quase cinco segundos e então, calmamente, rasgou o envelope e começou a ler. Eu tinha ido com outros dois soldados ao armazém central da divisão, situado a quase dois quilômetros do quartel-general do batalhão, mas ouvi o grito que, como um vento escuro, estava soprando as folhas das árvores, assustando pássaros e macacos, rompendo teias de aranha, fazendo hienas uivarem, e que fez o antílope erguer a cabeça antes de que um leão se aproximasse. Um grito que me lembrou o choro de Aquiles diante da morte de Pátroclo... É que nós somos apenas sombras fixadas na trama desta vida, meu Zeus, pensei, ouvindo o uivo das hienas e o latido dos cães selvagens, vendo como todo o exército cubano se deteve pelo grito silencioso do capitão, que permaneceu paralisado em sua dor e tudo acabou para ele e para mim.

Você sente a noite caindo, você sente o poder da noite como um bem inestimável, quando finalmente pode ficar sozinho consigo mesmo, abrigado na falsa proteção da sua rede. Quando não tem que ouvir o Carlos dizer:

— Você deve ter feito alguma coisa para o capitão te mandar para cá... Deve ter acabado com a pica dele. Isso não se faz, Marilyn Monroe, prometo fazer de você um soldado de verdade.

Agustín, deitado no beliche vizinho, me devolve *Anna Kariênina*.

— Guardei para que não usassem para limpar o rabo... Gostei bastante, mas ainda prefiro o do Malcom X.

Esse livro, a biografia de Malcom X, é o preferido de Agustín, ele trouxe de Cuba. É um tipo de Bíblia para ele, como a *Ilíada* é para mim. Agustín ainda não leu a *Ilíada*, então eu a ofereço a ele, porque quase a conheço de cor.

— Não — diz ele —, está escrito em versos e eu não vou entender nada, é melhor você me contar.

Eu me sento no beliche e começo:

— *Canta, ó deusa, a ira de Aquiles, o Pelida, a ira que causou males infinitos aos aqueus e lançou a alma de muitos heróis corajosos ao Hades*...

Tento falar baixinho, para que Carlos não volte a entrar e nos castigue por falarmos após a ordem de silêncio. Primeiro Johnny, o roqueiro, acorda, depois Matías, e logo toda a tenda está escutando as façanhas de meu irmão Heitor e as perfídias dos aqueus, porque eu conto a *Ilíada* à minha própria maneira. Eu lhes falo da beleza das mulheres da cidade, dos jogos e das corridas de cavalos. Eu lhes conto sobre o palácio de meu pai e sobre como Apolo vomitou na minha garganta para que ninguém acreditasse em mim.

— É como ir ao cinema — diz a voz de alguém emergindo de uma das redes à minha direita.

— Como a Marilyn Monroe sabe — diz Matías.

— É um pirado — diz outro soldado.

Talvez me castigue mais do que já me castigou, meu Zeus, por revelar os segredos de seus filhos, mas eles não puderam selar minha boca, ou não estavam interessados nisso, porque embora Atenas, Afrodite e Apolo estivessem sentados ao meu lado na rede, delirando, me ouvindo, eu falei aos soldados cubanos, falei para eles sobre o engano, a malevolência de seus filhos, tão enganosos quanto as moedas de argila. Fui feliz, meu Zeus, até que de repente Fermín disse:

— Chega de ouvir mentiras porque aqui somos todos marxista-leninistas.

Ele acendeu a luz e a magia se escorreu na noite africana.

Calamos.

Apoio minha cabeça no travesseiro, mas as palavras ainda estão despertas dentro de mim, as palavras me levam de volta a Ílion e me vejo correndo na areia da praia, junto a duas de minhas irmãs, e tenho um vislumbre de uma nuvem colada no mar. É a vela de um navio que se aproxima. Depois aparecem outras, e outras, e outras.

— Vamos voltar — digo às minhas irmãs.

Estou de volta ao meu esquadrão, mas o capitão me odeia, ele só me chama para reler a carta e depois me golpear, forte e seco, com seus punhos de ex-boxeador. Ele está com medo de que eu fale da gente.

— Minha moral depende de seu silêncio — diz ele, olhando para mim com seus olhos secos de peixe morto. Você sabia que ela estava morta e não me disse nada.

— Como eu poderia saber?

— Você sabe tudo, Raulzito, e sabia da morte dela com mais força, mais convicção. Dava pra ver em seus olhos que você sabia, não sei de que maneira, mas dava pra ver que, quando eu te beijava, você sabia que ela estava morta, enquanto eu te penetrava, você sabia que ela não estava mais neste fodido mundo dos vivos, neste maldito vale de lágrimas... Não sei como, mas sei que você sabia e não me preparou, não me disse nada, é por isso que eu te odeio e porque se parece com ela, mas você não é ela, volta à sua companhia.

Taxa de serviço no meio de Angola é como dizer taxa de serviço no meio do nada. Carlos me entrega uma pá e me manda cavar um grande buraco, e depois me manda enchê-lo novamente.

— Coloca a sua máscara de gás — atenta ele depois —, farei de você um homem.

— Deixa ele quieto, Carlos — começa a dizer Agustín.

— Mas você acha que isto é uma brincadeirinha? — pergunta Carlos — Quem manda neste esquadrão sou eu... O soldado Raul Iriarte não tem capacidade combativa necessária para integrar esta companhia e é meu dever colocá-lo em seu devido lugar, então cala a boca porque te acuso agora mesmo de insubordinação... Não quero ouvir mais nada, e você, Raul Iriarte, apenas obedeça, que é para já.

Obedeço, coloco a máscara de gás que mal me deixa respirar e pego a pá da infantaria.

— O capitão me pediu para ser especialmente severo com você — sussurra Carlos, agachado perto de mim. — Ainda não sei o que você fez para ele.

De joelhos, cavo o buraco na terra ressecada e pisada. Os outros soldados olham para mim. São duas horas da tarde e o sol está no seu apogeu.

— É mais linda do que aquela que eu tenho em casa, e está suada — diz Fermín de mim, e todos, menos Agustín, riem.

— Sim, mas ninguém veio aqui para ser linda — diz Carlos fingindo seriedade. — Viemos aqui para cumprir nosso dever com a pátria e agora somos uma unidade de glória combativa. O que acontece se eles vierem nos inspecionar e ver os elementos que temos no esquadrão?

— Não é culpa dele — diz Johnny, o roqueiro, com uma voz um pouco resmungona —, é do idiota que tornou este soldadinho de chumbo apto para o exército.

Vou cavando sem olhar para eles. Suas palavras passam pela minha cabeça e não me tocam, estou cavando um buraco muito grande, que quase poderia sair do outro lado da terra. Atenas está me ajudando. Estou cavando a cova onde meu corpo será enterrado quando o capitão me matar. Estou cavando com o cuidado de quem talha uma casa com portas de carvalho e jardins invisíveis. Cavo minha própria sepultura e Atenas cava comigo, eu a vejo levantar a terra e coloca-la ao meu lado com um sorriso em seu rosto perfeito e vazio como uma máscara de bronze.

Se Laocoonte não tivesse cravado sua lança na barriga do cavalo tudo teria sido diferente, escutaríamos o tilintar das armas dos aqueus e aquele chasqueado da lança não teria acobertado os sussurros, aqueles sussurros que eu desejava que meu pai ouvisse.

— Estão lá dentro — disse eu, agarrando o braço de meu pai com tanta força que eu cravei minhas unhas nele.

— Dentro de onde? — perguntou meu pai, fingindo não me entender.

— Você ouviu o Laocoonte —insisti. — Eles estão dentro daquele falso cavalo de madeira.

— Não seja tão bruta, filha — disse Hécuba —, largue seu pai.

Quis ser persuasiva:

— Você não vê que o cavalo não caberá nos portões da cidade? Vamos deixá-lo aqui na planície, será uma oferenda à Poseidon.

Meu pai, meu pobre pai, tão devoto e ingênuo ao mesmo tempo, meu pobre pai olhava para mim como se não me visse:

— Como você pode esperar que o deixemos lá fora se é uma oferenda a Poseidon? O que o deus pensará se deixarmos seu cavalo à mercê de foragidos e ladrões? Veja, filha, os aqueus se foram, não há mais nem mesmo uma vela deles no horizonte. Nada. Eles não estão mais por perto, eles se foram, vamos abrir um espaço na muralha para que este magnífico corcel possa entrar e então haverá um banquete em Ílion e eu vou dançar com você, minha filha, libere a tensão dessa testa que isso te deixa feia, Cassandra... vamos.

Olhei para o cavalo rústico de madeira, de tamanho descomunal. A lança de Laocoonte ainda tremia na barriga das tábuas. Eu me aproximei e pousei minha mão em uma das coxas úmidas de sal, membros elaborados com destroços dos navios que meu irmão Heitor havia incendiado. Dentro estavam os aqueus e estava tudo perdido para Ílion. Eu queria falar novamente, mas Helena passou o braço em volta dos meus ombros.

— Venha, Cassandra, isto não é lugar para uma menina núbil — disse ela com sua voz repugnante e carinhosa, e me arrastou para longe de meu pai, e eu a segui, como um cordeiro, eu a segui, segui Helena, entrei na cidade pelos portões de carvalho, um grupo de meninos nos seguia, brincando de ser Heitor, mas alguns brincando de ser Aquiles e nos matando na guerra. Virei e voltei a olhar para o cavalo, empurrei a mão de Helena de meus ombros e quis voltar, mas os portões se fecharam assim que os cruzei, e os sentinelas me olharam de braços cruzados.

— O jogo acabou — disseram.

Tenho dezessete anos, faltam seis dias para o meu aniversário e eu vou sair de Cienfuegos à noite, usando camiseta e shorts e, por baixo, um vestido de algodão russo que comprei no mercado paralelo. Eu troco de roupa na casa de meu amigo Roberto, porque seus pais partiram para Miami e ele tem a casa só para si até sua irmã voltar de Varadero. É uma casa de madeira muito antiga e cheia de fantasmas, que observam Roberto e eu irmos ao antigo quarto de seus pais, que tem um espelho enorme, e trocarmos de roupa, morrendo de rir. Espectros invejosos olham para nós enquanto fazemos guerra de travesseiros, saltamos em cima da cama de casal e ouvimos Abba no rádio, cantando *chiquitita dime por qué*, e nos maquiamos, nos sentindo como uma dupla de garotas felizes. Roberto também se veste de mulher. Roberto tem vinte anos, mas parece ter dez anos mais, ele está assustado, olha para mim com as pupilas dilatadas de medo, é sua primeira vez, então está muito animado.

— Ai, se eles perceberem, vão nos matar — diz ele e agarra minhas mãos com as suas mãos, que são grandes demais para serem femininas.

— Você sim parece uma menina — ele diz quando já estamos vestidos de mulher na sala de sua casa, rodeados pelos retratos dos avós e bisavós que agora são fantasmas que nos repudiam — Ninguém vai te reconhecer, já eu...

— Não tenha medo — digo. — Mas não fale, porque você tem um vozeirão que se escutam vão nos quebrar no meio, então não abra a boca.

— Pode deixar, vou ficar mudo.

— Não olhe para a braguilha de ninguém, nenhuma mulher faz isso — digo para que ele não baixe o pescoço como uma gazela encantada e fique enfeitiçado e estupefato quando os dançarinos balançarem seus genitais perto dele, porque vamos dançar, e é meu último dia em Cienfuegos. Amanhã estarei em um caminhão com destino a Loma Blanca, lá eles me prepararão para ir a Angola e farão de mim um soldadinho de chumbo. É meu último dia como civil e Roberto e eu vamos a uma discoteca dançar com as luzes. As luzes me fazem voltar para Ilión, eu giro, dou meia volta, abro os braços e giro mais uma vez, olhando para o teto e viro outra. Eu me torno Cassandra em minhas roupas de tela e já estou aos pés da estátua da deusa, envolta na fumaça dos incensos, sentindo o calor do fogo em meu rosto, a fragrância dos cordeiros sacrificados, e posso ouvir aquela língua que eu só entendo quando estou dormindo.

— Cassandra, Cassandra, acorda — diz minha mãe enquanto danço. — Você está tremendo, minha filha.

Estou tremendo porque me vejo em um lugar desconhecido, longe de Ílion, sendo um homem vestido de mulher e indo a uma festa muito perigosa, porque se te descobrem, te matam. Ninguém pode suspeitar que temos um pênis. Ninguém.

— Se suspeitarem, estamos mortos e nossa morte não será doce, eles nos lincharão, como fizeram com Fara María, e então dirão que nós que estávamos dando em cima deles — diz Roberto. — Lembra que me chamo Magali.

Eu sou Nancy.

Magali e eu caminhamos ao longo dos paralelepípedos de Cienfuegos, rebolando, mas não muito. Nossos saltos fazem toc toc na noite que se inicia, estamos muito sérias. As garotas bonitas não sorriem muito, elas cruzam os braços e olham com orgulho para um lugar vago entre o céu e a terra. Levei meses para conseguir que Roberto aprendesse a dominar os saltos, mas agora ele os maneja quase melhor do que eu, embora em minha mão eu sinta o tremor de seu cotovelo. As pessoas nos observam. *Ella va de todo juego / con aro, y balde y paleta; / el balde es color violeta; / el aro es color de fuego.*

— Vamos pegar um táxi — diz Magali. Ainda que esteja a apenas dez quarteirões de distância, ela está assustada. Como é domingo, a rua está muito movimentada e as pessoas reparam demais. Um homem que passa em uma bicicleta se vira para mim e diz:

— Opa, loirinha.

— Onde vamos achar um táxi agora? — pergunto a Magali — Continue andando, por favor, não vai demorar muito.

Chegamos. A discoteca se chama Xanadu e nós, mulheres, não temos que pagar. Um homem gordo nos deixa entrar, ele está usando uma camisa de linho branca apertada e olha para nós sem sorrir.

— Entrem — diz ele.

O lugar está cheio. As luzes coloridas explodem em nossos rostos. "Você entrou em Xanadu, onde tudo é possível", alguém avisa pelo microfone, e então ouvimos a voz de Olivia Newton-John, cantando a canção do filme Xanadu.

— O que significa Xanadu? — Magali me pergunta enquanto atravessamos a pista de dança em direção ao bar. Aqui ela se sente mais protegida pelas luzes que se acendem e apagam e não deixa claro quem é quem.

— Era o palácio do imperador mongol — explico.

— Você conhece todas — diz ela.

— Não tanto assim.

Chegamos ao bar e um garçom alto e careca com o sorriso de um apostador nos pergunta:

— O que as bonecas vão beber?

— Cerveja — respondo.

— Um mojito — diz Magali.

A canção de Olivia Newton-John fala de homens que em breve partirão para a guerra, porque Cuba está em guerra, lá longe, em Angola. Eu também vou para a guerra, mas não sou um homem, sou uma pequena dama loira que, sentada no banco, de costas para o bar e ao lado de uma mulher alta de cabelos escuros, observa os homens e as mulheres se desenvolverem na pista de dança. Então alguém se senta ao meu lado e sussurra em meu ouvido:

— Você é Wendy e a sua amiguinha é o Capitão Gancho, só faltam o tapa-olho e a mão de ferro.

Eu me viro. Ele é um mulato muito jovem, magro e com uma cara de vencedor, que, quando conversamos, me conta que é um famoso boxeador, membro da equipe nacional, e que também vai viajar, não para Angola, mas para a Finlândia.

— Gostariam de beber algo mais? — pergunta ele, e antes de respondermos ele já está pedindo ao garçom outro mojito a Magali e cervejas para mim e para ele. O garçom careca abre as garrafas e vai colocá-las na mesa sem mais delongas, mas o jovem boxeador exige um copo para mim, que sou uma dama.

— Onde estão os seus modos? — pergunta ao empregado, olhando-o seriamente, que pede desculpas, coloca um copo de cristal azul à minha frente e prepara o mojito de Magali.

— Saúde às duas! — diz o boxeador e bebe.

Nós bebemos também. Na pista de dança, os casais estão dançando ao ritmo da banda de Los Van Van. *Baila como el buey cansado, / compóntela tú que ya estás cansado*, ouvimos por cima dos alto-falantes e as pessoas se movem com passos desengonçados, tão cômicos que nem Magali nem eu conseguimos evitar a risada.

— E, além de serem lindas, o que fazem da vida? — pergunta o boxeador, colocando uma das suas mãos robustas na minha coxa esquerda, coberta pelo tecido do meu vestido. Afasto a sua mão, olhando-o nos olhos.

— Desculpa — diz ele.

— Tudo bem — digo eu. — Ela é enfermeira e eu estou no ensino médio.

Magali está muito séria, está de novo assustada. O fato desse jovem boxeador, assim que a viu, ter-lhe dito que ela parecia o Capitão Gancho deixou-a chocada, cheia de dúvidas, sente que estão a ponto de descobrir a falácia, e que depois esta discoteca de homens e mulheres felizes se transformará num inferno de pontapés e gritos. "Bichas!", gritarão conosco se formos descobertos, até que nossas vozes não possam mais que arranhar sons, e depois iremos para a delegacia, cobertos de nódoas escuras e sangue, e ali vamos fazer uma declaração, e finalmente seguiremos diretamente para aquela seção da prisão que todos conhecem em Cuba como "a balsa", onde ficam os homossexuais, travestis e hermafroditas. A mão de Magali treme perto da minha, sou o seu único escudo e sua segurança, eu sim pareço mesmo uma mulher e o boxeador está roçando a minha mão esquerda.

— Quer que eu leia a sua mão? — pergunta ele.

Olho para os seus olhos dourado-escuros, quase pretos, para o rosto aquilino que não se parece com o de um boxeador.

— Se me deixar ler a sua depois.

— *Oui, oui*, eu começo.

Ele pega na minha mão direita, acaricia-a e beija a palma da mão. Roubei um pouco do perfume Alicia Alonso da minha mãe para passar nas mãos, nos cotovelos e atrás das orelhas, por isso não me admira que ele diga que eu cheiro muito bem, mas logo depois ele adota uma voz oca, sombria, mais velha do que a sua idade.

— Você é muito sensível, Nancy, uma menina espetacular, da melhor qualidade, quando terminar o ensino médio vai para Havana para estudar uma licenciatura em história da arte, vai se formar e depois vais ter dois filhos, gêmeos, e vai comprar uma casa em Miramar... Vai se sair bem na vida, posso ver isso clarinho, clarinho, aqui mesmo na palma da sua mão.

Ele diz isso muito seriamente, olhando nos meus olhos, o jogo de luzes faz com que a sua pele seja primeiro violeta, depois vermelha, depois azul, depois amarela.

— Agora é a minha vez — digo e pego na sua mão.

Eu não deveria ter feito isso. Ele vai morrer muito em breve num acidente de avião. Sinto no meu peito o aperto que sentirá quando o avião começar a perder altitude e ele saberá o que lhe espera lá embaixo, então ele vai querer rezar, mas as palavras não vão sair de sua boca. Mas agora ele está olhando para mim com um sorriso largo e eu também sorrio, o que se pode fazer, somos apenas figuras fixas em uma tela que vocês, deuses, ainda não acabaram de pintar, meu cruel Zeus.

— Tudo bem, Nancy? Vou ser campeão olímpico?

— Não, vice-campeão — digo eu, que vejo como vai perder a sua última luta para um iugoslavo grandão.

— Bom, isso é suficiente para mim — diz ele. — Vamos dançar, deixemos o Capitão Gancho esperar pela gente aqui.

— Isso não é modo de tratar uma dama — digo pacientemente, e bebo um pouco da cerveja, que já não está tão gelada.

— Digo isso com carinho. Ela é realmente muito bonita, estou esperando um amigo carateca que gosta de mulheres muito altas, ele deve estar chegando... Vamos.

Vamos para o centro da pista de dança e dançamos. Amanhã vou para Loma Blanca e de lá para Angola, hoje é o meu último dia em Cienfuegos e eu danço, vestido de mulher, abraçando um boxeador enquanto ouço Roberto Carlos cantar "*Comenzó esta música suave / ... qué bien si esta música suave no terminara jamás*". Lá no bar vejo Magali olhando para mim com sua cara longa de bicha triste. Meses depois, quando já estou em Angola, um caminhoneiro lhe dará uma surra tamanha que ela ficará no hospital por três semanas e de lá ela me escreverá uma carta que nunca me será entregue, porque os gloriosos soldados de Angola não podem receber cartas escritas por bichas. A carta permanecerá no escritório de um robusto funcionário dos correios, membro da Segurança do Estado, que emitirá uma diretiva: investiguem o soldado Raul Iriarte. Mas quando a investigação começar, já estarei navegando nas águas escuras do Estige, já não serei nada além deste punhado de pó e pedaços de relva que se misturam na terra da África, já estarei esperando que o universo, como uma anciã que tem um sono agitado, se volte contra si mesmo e me leve de volta ao ventre de Hécuba, para que renasça em Ílion dos doze portões. Isso é o que você me pediu, Zeus, você chegou ao buraco onde jazo, a sepultura que cavei para que o capitão enterrasse nosso segredo, e na forma de uma brisa caridosa que refrescou minha testa morta, você me pediu para contar o que vivi enquanto eu era um soldadinho de chumbo a quem chamavam de Marilyn Monroe. "Conte", você me disse e te obedeço, meu Zeus, como posso negar? Organizo minhas lembranças, deixo que fluam pela minha cabeça que agora mal parece um grão de pó na terra da África, quantos éones de tempo se passaram?

Volto a me encontrar com a russa. Meu pai não está, Liudmila abre a porta, me dá um beijo nas bochechas, coloca o samovar e, enquanto o chá está sendo feito, nós nos sentamos no sofá e ela me fala primeiro sobre a vida, lá entre as bétulas na Rússia central, então ela vai para o quarto que serve também como biblioteca, retorna com vários livros e me fala de Boris Pasternak, Vladímir Maiakóvski, Anna Akhmátova, Virgilio Piñera, José Lezama Lima. Ela fala devagar comigo, me olhando nos olhos, como se estivesse me legando algo muito bonito, a russa é tão eloquente que eu posso ver essas cidades brancas e frias, pavimentadas com dor, sangue e beleza. Ao ouvi-la, os versos de Lorca me vêm à mente: *Los dos ríos de Granada, / uno sangre y otro llanto. Así es todo, pienso, nadie ni nada está bien*. No dia anterior eu tinha comprado dois livros: *Agradecido como un perro*, de Rafael Alcides, e *Antología poética*, de Eliseo Diego. Eu não deveria tê-los lido, meu Zeus, quando os li, compreendi que seria difícil deixar este corpo, esta vida. Foi doloroso para mim mergulhar naqueles poemas que eram como música triste.

— Você tem que ler Fernando Pessoa — diz a russa.

Liudmila está se abrindo para mim, e eu me perco em seus estranhos olhos azuis, ela é a mulher mais bonita que já vi, e não sei como ela pode amar meu pai, este homem minúsculo parecido com um chimpanzé branco que chega tropeçando e nos olha furiosamente porque estamos falando de literatura proibida.

— Bem que me advertiram — falou ele para a russa. — Me disseram que você não é como as outras, que tenho que ter cuidado, porque você apareceu em Cuba sem mais nem menos, eu te recebi de braços abertos, mas não venha perverter o menino, que eu não vou permitir, está claro?

— Eu não perverto ninguém — diz a russa e faz uma cara de ofendida, e meu pai parece que está prestes a bater nela, eu tenho a imagem clara na memória: um homem minúsculo e com braços como raízes de árvores grossas, de pé, com as mãos na cintura, em frente a uma mulher muito alta e magra. Se a russa fosse minha mãe, eu voltaria a pegar a faca, mas a russa não precisa de mim para defendê-la, ela sabe como neutralizar meu pai com um olhar de desprezo e uma palavra com corte mais afiado do que dez facas.

— Seu bêbado — diz a russa.

Meu pai cai na poltrona e diz:

— Ponham esses... como se chamam?

Ele ia dizer "ponham esses negros", mas a russa não permite o racismo em sua casa e ele tem que se conter. Os negros são Kool & the Gang e Earth, Wind & Fire, as bandas favoritas de meu pai que ele ouve quase até o ponto do êxtase, especialmente quando está bêbado como hoje, que chega com um cheiro etílico moribundo e persistente. Eu me levanto e ligo o toca-discos Philips que deram ao meu pai como pagamento pelo conserto de um Cadillac 1957. Meu pai canta alto, gritando, tentando imitar a voz de Kool, a russa e eu na poltrona o vemos mexer os quadris, e a russa sussurra para mim que ele parece um pequeno bailarino do Bolshoi.

— Também parece uma cópia mal-feita de Toshiro Mifune — sorri a russa e olha para meu pai com um desprezo cansado e quase sem fim. Então meu pai se senta e, olhando para mim, diz novamente e para sempre:

— Por um centímetro.

— Não eram dois? — pergunta a russa.

— Não importa se eram dois ou um, mas o cara do Estado-Maior me disse que se tivesse um centímetro a menos, nada mais que isso, não haveria exército para Raulzito.

Por um centímetro estou aqui em Angola, esperando a minha morte, às vezes penso, esquecendo que minha morte foi escrita no livro dos dias, que tudo o que faltava era que as erínias decidissem, e já se aproximam com seus punhais afiados e atrevidos ao fio que pende no nada, o meu fio, e sussurram umas para as outras:

— Você já vai partir, Cassandra, chegou a sua vez.

Mas dessa vez, antes que meu pai chegasse, a russa estava falando de literatura. Ela sabe muito sobre poetas cubanos. Ela conhece de memória até um poema do Lezama Lima.

— *Ah, que tú escapes en el instante / en que habías alcanzado tu definición mejor, / ah, mi amiga* — a russa recitou antes que meu pai batesse a porta e a escutasse.

Meu pai só lê romances policiais nos quais normalmente há um detetive tão bêbado quanto ele, que vai à cozinha e se serve de uma longa dose de vodca, a qual ele acrescenta limão, se senta novamente, desta vez ao lado da russa, coloca o braço em volta dos ombros dela e repete com uma voz rouca:

— Por um centímetro.

Meu pai suspeita que eu não vou voltar vivo de Angola, ele está velho para sua idade, dá para ver isso especialmente em seus olhos chorosos como os de um cachorro triste. Eu gostaria de ter sido a filhinha de meu pai, então eu não teria que me vestir de verde, aprender a usar um fuzil, conduzir um barco e navegar para longe, para as fronteiras do Velho Mundo. Se eu fosse uma menina de verdade, eu abraçaria meu pai e ele me consolaria da dureza da vida, mas eu tenho que ir para a guerra, ainda que a russa tenha voltado a declamar, desta vez em voz baixa: *ah, que tú escapes*, e meu pai não diz nada. Eu o ouço suspirar, o suspiro parece vir de um lugar mais longe do que aquele que meu pai ocupa no sofá. Dentro de pouco tempo vou voltar para casa com a minha mãe, vou me vestir de mulher e vou me sentar no piso quadriculado do meu quarto, que se tornará novamente um mar revolto por onde os navios navegam em direção à Ílion. Nesse piso, meu irmão e eu brincávamos de cinco marias quando ele ainda me suportava, chovia muito e ele não podia sair para brincar com seus amigos.

Uma noite o capitão abandona o livro que está tentando ler como remédio contra a insônia, se senta no beliche e fareja o cheiro do verão da África. Furtivo como o leopardo cuja pele está pendurada na parede de tecido grosso da tenda, ele veste suas roupas e botas militares e sai para farejar a noite estrelada novamente. De algum lugar no meio do nada, ele então fareja um cheiro desconhecido, e ele mesmo se aproxima da sirene do batalhão e soa o alarme de combate. São onze horas da noite, calçamos rapidamente nossas botas e saímos correndo para a área de treinamento. Ali, de pé, no centro, nos espera a figura solitária do capitão, que ainda está procurando o aroma que ele não consegue mais encontrar, porque era o cheiro da mulher dele que morreu em Cuba. Nós entramos em formação diante dele.

— Soldados, sentido! — grita ele e sua fúria transborda.

Ele observa cada uma das companhias, os pelotões, os esquadrões, revista os oficiais e os soldados mal iluminados pelas lâmpadas de mercúrio, ele me revista, minhas bochechas que não precisam ser barbeadas, minhas botas, meu uniforme, meu armamento, sem me dizer uma palavra sequer, e quando termina de revistar tudo, ele retorna ao centro e grita com uma voz furiosa:

— Batalhão três de infantaria motorizada, para a luz da lua agora!

Os oficiais o olham perplexos e o chefe do alto escalão do batalhão, o primeiro tenente Argimiro Cuesta, para em frente ao capitão e solta um "mas capitão" que ecoa no silêncio de todos.

— Você fica aqui, Argimiro, com os sentinelas — afirma o capitão, com voz grave. — O resto de vocês, me sigam.

Temos que adentrar o oceano de mato seco que é a savana, buscando a luz da lua da vingança do capitão, que finge fugir da dor matando guerrilheiros da UNITA.

No Estado-Maior da divisão, eles ignoram que o batalhão três de infantaria motorizada parte no meio da noite.

Nós avançamos.

— Ele vai fazer com que nos matem, aquele filha da puta — sussurra Carlos para que eu o ouça. Ele acha que eu fico sentido que falem mal do capitão e me olha com ódio superconcentrado como se eu fosse o culpado das fúrias agarradas ao oficial, que fareja o vento como se ele fosse revelar os esconderijos dos guerrilheiros da UNITA.

Como soldadinhos de chumbo espalhados por uma criança travessa, nós adentramos pelos lugares por onde o leopardo costumava se esconder quando ele voltava saciado de carne roubada dos aldeões. O capitão avança precedido pelos exploradores que, a golpes de facão, abrem uma clareira entre o mato. Uma mina pode estar escondida em qualquer lugar, pensamos. Ao nosso redor, árvores isoladas com copas altas e frondosas contemplam como o batalhão de cubanos, companhia após companhia, continua se afundando nas sombras.

— Ninguém conhece melhor essas terras do que eles, que vão fazer picadinho da gente — sussurra Carlos. — Fiquem alertas, e que se foda quem ficar para trás. Ninguém tosse, ninguém fala... sobretudo você, Marilyn Monroe.

Atrás de cada um de nós vai ficando uma trilha de grama pisada, depois chegamos a uma trilha ao longo da margem de um rio seco.

— Um maldito bebedouro de elefantes — sussurra o sargento Carlos e olha em volta como se esperasse que a qualquer momento surgisse um gigante bramindo e com as presas prontas para o ataque.

Um milhão de olhos estão observando a tropa de cubanos que agora caminha pela trilha, esperando que o capitão decida onde está a clareira daquela lua que brilha sobre nossas cabeças.

Já amanhece quando um dos exploradores volta e sussurra algo ao capitão. É que viu luz, no meio do nada, brilhando no monte. O capitão escolhe um soldado de cada companhia, e me escolhe porque quer que alguém me mate.

— Quando ouvirem os disparos, avancem — diz ao restante.

Nós seguimos o explorador. A luz nos espera. Se me concentrar, posso ver cinco homens, magros, quase cadavéricos, dormindo no chão de uma cabana, cobertos por uma manta de várias cores misturadas. Lá fora, outro soldado espreita a noite como se estivesse procurando algo, ele é um mulato de pai português e com olhos da cor da lama dos rios, ele é um homem da cidade e a noite o assusta, então ele acende um cigarro enquanto seus companheiros dormem. A bala do capitão vai dividir o seu cérebro em dois, justamente quando ele pensava que deveria ter ido para o Porto e não ter ficado neste país que está afundando cada vez mais no pântano. Os outros, nós os pegaremos vivos. Exceto um, em quem Johnny o roqueiro mergulhará sua baioneta várias vezes na barriga. Esse vai passar do sono à morte sem se dar conta, quase feliz, porque está tão drogado quanto os outros, que se deixam amarrar sem oferecer qualquer resistência. Um deles nos diz, em um português que mal entendemos:

— Não faça nada para nós, companheiros cubanos, nós não UNITA, nós FAPLA.

Mas eles sim são inimigos. Dá para perceber no uniforme de tecido bom e nas armas israelenses. Esse olha para mim, pensando que eu sou o chefe, talvez porque eu seja o de pele mais branca.

— Vamos matar todos eles — diz Johnny, o roqueiro, quando chegam os tenentes que lideram as companhias e Carlos, o sargento responsável pelo meu esquadrão.

— Nada disso — diz o capitão, que aproxima a lanterna do rosto de cada um dos três guerrilheiros magricelas. — Vamos algemar.

Johnny o roqueiro, Matías e Carlos pegam as algemas que o capitão tira da mochila que carrega nas costas e imobilizam os angolanos, que continuam sentados no chão. Um deles está tremendo como se estivesse com febre. Eles me lembram de uma gravura antiga reproduzida no meu livro de história da escola primária: homens negros ajoelhados com os braços atrás das costas olham para seus raptores com uma expressão suplicante.

O capitão se aproxima.

— Não se descuidem, verifiquem o perímetro — diz ele.

— Já fizemos isso — responde o chefe da companhia. — Estabelecemos um sistema de defesa escalonado no caso de quererem retomar o objetivo.

Começa a amanhecer. Um dos prisioneiros soluça bem baixinho, e vai caindo em mim uma sórdida depressão, um desejo de que tudo isso acabe. Vejo Johnny ainda com a baioneta em mãos, depois ele sai da cabana e de dentro ouvimos o som inconfundível de alguém vomitando.

Eu vi como o capitão levantou sua arma e a apontou cuidadosamente para aquele vaga-lume vermelho que parecia destinado a desaparecer de um segundo para o outro; ambos sabíamos que por trás daquela pequena luzinha estava o rosto de um homem que colocava o seu cigarro na boca sem suspeitar que as erínias já tinham quebrado o seu fio.

Eu o vi cair.

Olho para o mar que se estende ao longe, o mar de Cienfuegos que de tão tranquilo parece até desenhado. Em algum dos outros apartamentos alguém está cantando uma canção que é mais um gemido do que uma música, uma melopeia que me tirou da cama e me fez sentar na varanda para contemplar o Caribe e pensar. Vou embora para Angola, acabo de fazer dezoito anos e é o meu último passe livre antes da viagem, um passe livre especial que me deram para que pensasse sobre isso:

— Se você disser que não, ninguém vai te acusar de frouxo... você é muito pequeno, quase minúsculo — disse o tenente Bermúdez, o político da unidade onde estou passando meu pré-serviço, antes de me entregar o salvo-conduto que me autorizou a passar esta última semana em Cienfuegos.

— Eu vou, não tenho medo — disse, sussurrando.

Ninguém evita seu destino. Maria é a que canta no terceiro apartamento, seu marido a deixou e ela está muito triste. *La puerta se cerró detrás de ti / y nunca más volviste a aparecer*, ela cantarola desafinada. Ela vai atear fogo em si mesma, um costume muito comum entre as mulheres cubanas, meu pai Zeus, é necessário álcool, um fósforo e uma grande tristeza. Maria vai se queimar quando eu já estiver em Angola. Ela não morrerá, ficará desfigurada para sempre, tem vinte e três anos e está cantando com tristeza e gritando para todos os vizinhos do prédio e talvez todo o bairro Pastorita, o que é paradoxal, já que seu marido costumava bater nela com força, no rosto e em todo o corpo, assim como o que acontecia com a minha mãe.

Eu defendia a minha mãe.

Temos os soldadinhos de Savimbi, de joelhos no chão de terra batida da cabana. Muito próximo do soldadinho que Johnny, o roqueiro, matou está uma escopeta de 80 milímetros. Está amanhecendo, mas o capitão se aproxima de cada um deles e revista os seus braços, buscando marcas de queimaduras que denunciem o artilheiro. Nenhum dos sobreviventes tem marcas, então ele se aproxima do defunto e olha para seus braços.

— Morreu o filho da puta que matou o Martínez — diz.

Voltamos e o capitão vai ser condecorado, mas também vão iniciar um processo contra ele por indisciplina. Estão a ponto de enviá-lo de volta para Cuba, por levantar o batalhão no meio da noite e transformá-lo em um exército de sombras. Nós levamos os três prisioneiros. Incendiamos a cabana com os dois mortos dentro, e carregamos o morteiro e as Uzi.

— São uma merda essas Uzi — diz o chefe da companhia, enquanto as examina —, só servem para o combate corpo a corpo.

O comandante da minha companhia, o tenente Amado Suárez, não tem nenhum dom para o comando. Ele olha para tudo por trás de uns óculos de míope que dão ao seu rosto traços finos e uma expressão assustada. Por conta disso, ele confia muito em seus sargentos, especialmente em Carlos, que segue na frente da companhia que volta ao acampamento, esmagando o matagal com seus pés calçados com botas russas. Mantenho a cabeça baixa para não ver como o redemoinho de mortos está levando as almas dos guerrilheiros de Savimbi que matamos, por enquanto eles estão em paz, por enquanto. Tudo é por enquanto. Agustín marcha ao meu lado, com sua metralhadora PKM presa nas costas. São apenas nove da manhã, mas o sol já está queimando forte, quase odiosamente, então eu olho para cima, os mortos perdem os contornos, mal consigo vê-los, mas um deles que eu não reconheço por causa da luz forte me diz:

— Cassandra.

É só um sussurro e eu sei que tenho pouco tempo de vida. As erínias voltaram a cantar:

— *Ajustado ao pé, ajustado ao pé.*

Cantam para mim, embora saibam que não voltarei a Cuba em um desses caixões que se desfazem, ficarei aqui na terra vermelha de Angola até que uma hiena desenterre meus ossos e meu crânio acabe no rio Cunene e então o pó que serei viajará ao oceano e finalmente as correntes marítimas me levarão ao Helesponto, mas ainda não, estou muito vivo, sentado na varanda da minha casa olhando para a rua. Ainda não sou um soldadinho de chumbo, ainda não há um redemoinho de mortos sobre a minha cabeça.

O capitão. O capitão olha para mim e é como se ele não me visse. O capitão olha para mim, mas não olha para mim. O capitão olha para a mulher amada que jaz em Cuba e se parece comigo. Eu não estou dentro dos olhos do capitão, ela está, aquela que não está mais.

— Diga ao seu sargento que você tem que vir à minha barraca à noite — diz ele sem olhar para mim.

— Às ordens, meu capitão — respondo com uma voz estridente, e em posição de sentido.

Estou tão firme que pareço uma vela, mas ele não diz nada por um tempo, até que diz:

— Você tem os mesmos olhos azuis que os dela.

É apenas um sussurro o que sai de sua boca naquela fria manhã angolana, quando o leopardo já não existe mais, e pouco me resta, ó Zeus que reina no Olimpo, mas esse murmúrio é minha sentença de morte e eu sei disso, sei antes de que o capitão diga, desta vez com uma voz sonora:

— Está dispensado, soldado.

Sei disso enquanto permaneço batendo continência, com a minha mão muito perto dos olhos, olhando os olhos tão negros do capitão que, embora esteja contemplando os meus, não me vê, eu sei disso enquanto ao nosso redor se escutam as vozes dos soldados e dos oficiais jogando beisebol. Eu sei disso quando encontro com Carlos e lhe digo que o capitão disse para que ele autorize minha ida a sua barraca à noite. Carlos é o próximo a rebater e precisa de concentração, ele vê a bola passar do arremessador para o apanhador e não poderia se importar menos sobre onde vou passar a noite, ele só levanta a cabeça coberta com seu boné verde-oliva para dizer:

— Vá para que te fodam, Marilyn Monroe, faça o que o capitão diz, onde o capitão governa, não governa soldado, tenho certeza de que é para você escrever uma dessas cartinhas longas.

— Sim, claro — respondo, porque de certa forma estamos nos dando bem. Ambos estivemos em duas missões de combate e ele me viu avançar com os outros.

Eu tento ler. As páginas de Anna Kariênina se desdobram diante dos meus olhos, mas eu não consigo me concentrar. Liudmila me deu esse romance em uma manhã quando saímos, ela, meu pai e eu, no velho Chevrolet. Estávamos cantando uma canção de Silvio Rodríguez, nossas vozes se cruzavam, caminhavam em paralelo e de repente se fundiam no frescor daquela manhã de dezembro. A voz dela e a minha, porque meu pai não estava cantando, meu pai estava tão concentrado no volante que parecia fundido ao veículo. A russa estava alegre, sua mãe tinha chegado de Kiev e estava preparando um menu meio russo, meio ucraniano para quando voltássemos.

Vamos de Chevrolet para a universidade da cidade de Santa Clara, onde oferecem a Liudmila um emprego, muito mais bem pago do que o que tem em Cienfuegos, e por isso ela e meu pai estão pensando em se mudar para aquela cidade no centro da ilha.

Vamos.

Mudar para Santa Clara, uma cidade sem litoral, deixa meu pai nervoso. Entretanto, ele fica satisfeito em saber que não verá mais o professor negro que às vezes a visita no apartamento, e que depois do chá servido pela russa acompanhado de uns biscoitinhos comprados no mercado paralelo, enquanto a vitrola Philips toca a voz de Alla Pugacheva cantando em espanhol com um forte sotaque eslavo, *casarse por amor estaba prohibido tratándose de un rey,* senta-se com Liudmila no sofá e se dedicam a rever planos de trabalho. Durante essas visitas, meu pai estralava seus dedos de mecânico, capazes de apertar porcas sem chave inglesa, e olhava para o professor com ódio.

Chegamos à universidade em Santa Clara. Estacionamos o Chevrolet e caminhamos até a Faculdade de Letras.

O decano da universidade está em Istambul há duas semanas e estará de volta em dois meses, mas a secretária docente nos mostra as salas de aula e até mesmo os alojamentos dos alunos bolsistas que moram ali, e não para de falar da universidade, que foi projetada por um famoso arquiteto japonês, e da biblioteca, que contém a terceira maior coleção de livros de Cuba. Ela enumera uma série de autores e de títulos que fazem com que Liudmila assinta com a cabeça várias vezes, depois ela olha cuidadosamente para a russa e para mim e se surpreende com o quanto somos parecidos. Ela não menciona meu pai, talvez ela pense que ele é o motorista. Meu pai estava vestido com uma camisa xadrez, calças jeans da marca Jiquí e um par de botas russas que são grandes demais para ele. Meu pai e eu temos dificuldade para encontrar sapatos para nossos pés minúsculos. Poderíamos usar sapatos infantis, mas não usamos. As unhas dos pés do meu pai não estão totalmente limpas, sem muito esforço é fácil ver nelas a graxa de tantos carros.

— Tudo muito lindo, é possível notar a erudição até mesmo pelos quadros na parede — diz a russa, olhando para as mãos gordas da secretária, que continuam a se agitar enquanto batem papo.

— É verdade, Liudmila... E seu filho nasceu aqui ou na Rússia? Quantos anos ele tem? Treze aninhos?

Pareço um menino de treze anos, uma espécie de Peter Pan desajeitado que não vai crescer. Meu pai não existe para essa mulher, pode-se dizer que ela não está acostumada a lidar com homens mal barbeados que não lavam as mãos adequadamente, esses homens cujas roupas novas ficam parecendo emprestadas.

— Nasceu aqui — diz Liudmila, que não gosta de entrar em detalhes sobre sua vida. — E este é meu marido.

Quando ele escuta que foi chamado de "marido", meu pai se levanta orgulhoso como se a russa o tivesse acabado de condecorar.

— Ah, sim — a mulher solta, e então vamos ao escritório do decano e a russa assina um contrato, e por enquanto ela terá que viajar toda sexta-feira para Santa Clara de táxi para ensinar àqueles estudantes que, quando olhamos para as salas de aula, olham para nós maravilhados, como se nunca tivessem visto uma russa, um pequeno mecânico com braços carnudos que parecem de um homem muito maior, e um adolescente muito magro e com cara de garota. Dez pesos ida e volta é o que vai custar a viagem semanal de táxi de Liudmila, parece um milhão para o meu pai, mas ele não diz nada.

Entramos no Chevrolet e vamos ao centro de Santa Clara para tomar umas latinhas de refrigerante e uma cerveja em um bar com ar-condicionado e músicas antigas. *La puerta se cerró detrás de ti*, ouvimos Tejedor cantando com uma voz suave e chorosa, em um toca-discos que não poderia ser mais velho. Meu pai parece um pouco melancólico e preocupado: eu vou embora para Angola e ele não gosta de Santa Clara. Liudmila está entusiasmada, coloca a mão no braço do meu pai e olha para ele com olhos risonhos.

— Vamos ao parque Vidal, me disseram que é a coisa mais bonita da cidade... Mas, por favor, mudem essas caras de mortos.

— Sim — diz meu pai.

Ele chama o garçom, paga a conta, resmunga um pouco, mas não muito.

O parque está cheio de árvores e edifícios com estilo neoclássico. A russa vê uma livraria e é como se um botão disparasse dentro dela. Ela solta um gritinho de entusiasmo e arrasta meu pai e eu para dentro.

Na mesa de novidades está a primeira edição cubana de Anna Kariênina, traduzida por Eliseo Diego.

— Quanto custa? — pergunta Liudmila.

— Três pesos — diz o livreiro, com uma voz alta demais para o gosto do meu pai, que olha para ele com severidade.

Liudmila compra o livro e me dá com uma dedicatória muito especial. *Para Raulzito, porque eu te amo mais do que amo os filhos que terei no futuro*. A russa tem trinta e cinco anos, mas parece menos, meu pai tem cinquenta, mas parece mais, então eu e ela podemos passar por filhos do meu pai, que está mal-humorado porque a cerveja não estava tão gelada quanto ele esperava.

— Esses merdinhas de Santa Clara, de alguma forma sabem quem é de Cienfuegos.

— Por favor, cala a boca, você não é o umbigo do mundo — diz Liudmila.

— Eu falo o que eu quiser — diz meu pai e depois cai num silêncio do qual não escapamos até chegarmos a Cienfuegos e pararmos em frente ao prédio onde moro com minha mãe. Antes de subir as escadas, a russa me dá um beijo e um abraço e solta um "se cuida, Raulzito, quando você estiver lá", e meu pai me dá um daqueles apertões de mão que quase esmagam os ossos e diz:

— Você já sabe, meu filho... — E como ele não termina a frase, eu fico sem saber o que sei.

Do primeiro degrau das escadas, vejo-os entrar no carro, ouço o som do motor e vejo o braço da russa apoiado na janela aberta com aquele gesto tão típico dela que faz com que se pareça a um personagem de filme de Hollywood.

— Você ganhou essa merda da Svetlana? — disse minha mãe quando me vê chegar com o livro.

— O nome dela não é Svetlana — digo pela centésima vez, e os olhos de minha mãe se enchem d'água.

— Você é um traidor.

— Eu sei, mas não há nada que você possa fazer, as coisas são assim, eu gosto da russa e ela é legal comigo... Você queria que ela fosse má?

— Eu não quero nada — diz minha mãe, e depois acrescenta: — Eu gostaria que todos fossem embora e me deixassem em paz, especialmente você, veadinho.

Minha mãe me chama de veadinho em uma noite de setembro, tendo acabado de chegar de Santa Clara, e faz isso olhando nos meus olhos. Espero o que vem depois, que ela me abrace e peça desculpas, como sempre. Ela já bebeu demais e é perceptível. A casa inteira brilha impecavelmente, sempre foi tão limpa, mas em cada móvel e nas paredes há uma pátina inconfundível de tristeza. Na parede voltada para a varanda da frente está o grande retrato de quando ela e Nancy fizeram quinze anos, Nancy muito loira e ela muito morena, cravadas em um sorriso que divide o rosto de ambas.

Agora o capitão está deitado na rede, acariciando o tecido do vestido de seda sintética que ele comprou para mim em Luanda antes de saber que sua esposa havia morrido em Gibara enquanto ele me fazia dançar como Olivia Newton-John.

Tenho quinze anos de idade. Entreguei poemas meus à russa. Aqueles que eu escrevi no caderninho de química. Ela os leu e depois me convidou para ao *malecón*, e lá, junto ao mar, me olhou com lágrimas nos olhos e me abraçou com muita força e ficamos assim por muito tempo. Depois começou a chover e ela ficou com o caderno. Eu lhe dei para não arranjar mais problemas, em um deles aparece a palavra "anjo", e quando a professora de química leu, fui levado ao diretor e ele disse "diversionismo ideológico".

— Sofre de diversionismo ideológico — dizem ao meu pai. — Tenha cuidado, assim pode-se estragar o futuro de um jovem tão inteligente.

Eu não tenho futuro, sou uma árvore com raízes na areia. Gostaria que meu pai soubesse disso, e também minha mãe, que agora estende a roupa na varanda enquanto cantarola. Ela conheceu uma pessoa, um engenheiro de Santiago de Cuba que veio trabalhar na nova refinaria de petróleo, e ela está feliz. Vai sair à noite, mas as coisas não sairão como ela espera. O engenheiro, que estudou na República Democrática Alemã e viveu por muito tempo em

Havana, exigirá jogos sexuais que minha mãe, tão pudica, não estará disposta a lhe conceder e então, tchau, o fim da relação. Minha mãe voltará para casa como uma flor murcha e, como uma flor murcha, ela se sentará na sala e com um único aceno de mão, ela me impedirá de falar com ela e depois me olhará com um triste sorriso.

— Você não vai mais conhecer Juan Carlos — dirá minha mãe, em um sussurro.

— Juan Carlos? — perguntarei, me fazendo de bobo.

— Sim, aquele idiota... ele queria meter seu coiso na minha boca — minha mãe especificará.

Vou para o quarto e me visto como mulher, faço uma maquiagem com esmero e me agacho diante dela, pego suas mãos e a olho nos olhos, e então ela sorri e eu sou a sua irmãzinha e somos ambas virginais e boas.

Estamos, as duas, loucas.

— A minha moral depende do seu silêncio — diz o capitão muito seriamente e é como se ele dissesse "vou te matar e as balas atravessarão o seu corpo e sairão pelo outro lado e depois voarão até os barracos onde as mulheres já estão com as fogueiras acesas, prontas para esmagar a mandioca até convertê-las em uma massa branca, dura e crocante". Mandioca que eu não vou provar, porque uma parte do cérebro do soldado Raul Iriarte voará colada em uma dessas balas.

O seu resto, Olivia Newton-John, pensa o capitão, vai cair no matagal enquanto as balas continuam voando através de Angola, e então ele pensa que eu me pareço tanto com ela, a falecida, que eu me pareço tanto com ela que se eu colocar o vestido, talvez eu seja a falecida, então ele me diz:

— Vista isto, soldado Raul Iriarte, e maquie-se.

Ele me entrega a roupa de mulher e os sapatos de salto alto e depois vira as costas para mim e sai para olhar a noite angolana enquanto eu penteio meus cílios com extremo cuidado, aplico o rímel muito preto que o capitão comprou em uma loja exclusiva em Luanda, não para mim, mas para aquela que morreu em Holguín, intoxicada com metanol, então eu uso o lápis labial vermelho-sangue e ao meu lado está Afrodite, é a primeira vez que a vejo desde que sou Raulzito Iriarte, vulgo Sem Ossos, vulgo Wendy, vulgo Marilyn Monroe, vulgo Olivia Newton-John.

Afrodite usa as vestes de uma deusa olímpica, e mechas de seus cabelos longos e encaracolados caem sobre sua testa.

— Você nunca foi grande coisa, oh, Cassandra, filha de Príamo, você nunca se destacou entre as mulheres de Ílion, sempre houve mais belas do que você, mas como pagamento por tudo que fizeste com Páris, Helena e a maçã, se quiser, eu a envolverei em uma nuvem, então o capitão não poderá vê-la enquanto a levo para fora do acampamento e salvo sua vida.

Eu não respondo, não vale a pena. Ela mente tanto quanto Ulisses, o enganador. Depois de me maquiar, coloco o vestido de seda e os sapatos de salto alto, e de pé no meio da barraca, debaixo de um candeeiro que me ilumina com uma luz fantasmagórica e espectral, espero que o capitão volte e me veja. Quando ele se vira em minha direção, é como se virassem todos os capitães dos mundos infinitos e paralelos, onde agora estamos eu e ele. Em alguns desses mundos não fomos para Angola, em outros não sobrevivemos à batalha contra os sul-africanos, em alguns ela está viva e eu estou morto, em outros ela e eu estamos mortos e o capitão está vivo, e em outros ainda, ela e eu estamos vivos e é o capitão que está desaparecido e a coisa mais estranha, meu pai Zeus, que sabe de tudo, em alguns desses mundos, você não existe, nem o Olimpo existe, assim como todos seus deuses, nem há um Ílion, nem um Aquiles para conduzir os Mirmidões, nem um Ulisses que foi lento para encontrar o caminho de volta a Ítaca, meu pai Zeus. O capitão se virou como se vira o redemoinho de mortos acima de nossas cabeças e então ele me chamou com o nome dela, a morta que está apodrecendo lá no cemitério municipal de Holguín, sob uma lápide com epitáfio: *Descanse em paz, Katerina, que teria vivido muito tempo, se a sorte tivesse outros planos*. O capitão me chamou pelo seu nome novamente e se consumiu em um abraço que me consome também, o abraço mais longo do mundo me foi dado pelo capitão, enquanto as balas que vão me matar ainda descansam dentro de seu fuzil automático. Para me matar, ele terá que me dizer que vamos para algum lugar e colocar a mão nas minhas costas e me conduzir para dentro do mato para que eu desapareça e então ele possa dizer:

— Ele foi levado pelas hienas.

Ou talvez um leopardo ou uma leoa faminta, perturbada pelo barulho da guerra, uma leoa que o arrancou da rede e o levou para alimentar os filhotes famintos, especificará o capitão que terá a decência de me enterrar naquele buraco profundo que eu cavei em um dia de punição e que não havia preenchido. O capitão me levará ao mato, e depois voltará ao mato para verificar se eu estou realmente morto, para comprovar se ele matou Raul Iriarte ou Katerina Rodríguez Morales, o capitão irá até o buraco, espantará com um gesto brusco hienas e abutres, e, o que restar de mim, ele levará de volta para a unidade. É assim que as coisas vão acontecer, Zeus meu pai, você que sabe tudo, ou eu deixei algo de fora? O capitão virou-se para olhar bem para mim e me abraçou, e então disse:

— Você se parece tanto com ela.

Ele sussurrou muito perto de meu ouvido, e eu me ajoelhei e abri a braguilha, mas seu pênis está morto.

— Levanta — diz ele.

— Você é uma puta — diz ele.

— Eu só quero cantar como Roberto Carlos — diz meu irmão.

— Mas você não é o Roberto Carlos — meu pai censura o meu irmão, com uma pontinha de intenso ressentimento. — Se eu descobrir que você tem faltado às aulas novamente, você vai ver.

— Me escuta primeiro — diz meu irmão.

— Não tenho nada para escutar, já falei tudo — diz meu pai, e eu estou no quarto lendo a *Ilíada* e escuto a voz do meu irmão, potente mas atravessada por uma raiz de nervosismo.

— *El gato que está en nuestro cielo / no va a volver a casa si no estás…*

— Te disse para não cantar — diz meu pai, e então ouço o primeiro golpe, seco como o ruído de um tambor.

— Aqui se faz o que eu digo.

Minha mãe não está.

— Então vai pra casa do caralho — diz meu irmão. — Você nunca mais vai colocar as mãos em mim.

Olho para fora da porta do quarto e os vejo, imóveis como estátuas de cera, um com o braço levantado, o outro cobrindo o rosto. Você fez com que o tempo parasse para que eu os visse assim novamente, você em sua infinita misericórdia me deu a chance de ver nos olhos azuis de meu pai, nos olhos amarelos de meu irmão, o reflexo das espadas de bronze de Ílion. Eu vi os olhos de meu pai e me lembrei de meu irmão Heitor, não do momento em que ele foge de Aquiles, o nefasto, mas do Heitor de antes, do início da guerra de Ílion, e me dei conta de que nós, humanos, não somos nada além de avatares, sombras que você envia à Terra para se divertir. Por que faz isso? Será que você sabe, Zeus pai onipotente, quem essa Cassandra pensa que é para o questionar dessa forma? Eu não sou ninguém, me perdi na escuridão dos tempos, tenho aberto quartos com paredes de vidro cristalino e em um deles encontrei meu coração, vermelho e insaciável, batendo. Olhei para ele como se não fosse meu e então um bando de turistas ansiosos se aproximou com suas câmeras de segunda mão para fotografá-lo e senti o roçar da sombra do leopardo nas minhas costas, o leopardo que não existe mais. Eu senti, o leopardo atravessou as eras imaginárias e se aproximou de mim, Zeus pai, para me contar, aproximou-se de mim enquanto retumbam os pilões das mulheres de Angola, enquanto preparam a mandioca que não comeremos, porque todos morreram, Zeus pai, todos.

— A minha moral depende do seu silêncio — repete o capitão, e me empurra com as duas mãos e me diz para eu me sentar, segurando a carta, que já está velha, amarela e amassada.

— Leia — ele ordena e depois abre uma garrafa de uísque e despeja um pouco do líquido dourado na tampa de dois cantis.

Eu me sento em uma das cadeiras de lona e ele se senta na outra e me observa lendo, mas desta vez ele não está chorando, é como se não lhe doesse mais. Ainda tem a braguilha aberta e a glande de seu pênis murcho emerge. Ele ordena que eu me deite na cama e baixe a minha calcinha.

Estou de costas, com a boca apoiada no travesseiro. Posso ver o capitão soltando o cinto enquanto ouço ele me dizer:

— Não vá gritar que vai ser pior.

Ele me bate, eu abafo meus gritos, e a cada golpe seu pênis se ergue mais. Depois ele se afunda em mim como alguém que acabou de chegar a uma praia.

— Veadinho de merda — ele sussurra no meu ouvido enquanto se movimenta.

Recebo uma carta de meu irmão quando estou quase partindo para Angola:

Enquanto vivi em Cuba, eu estava muito louco. Em Cuba não há vida, somente os discursos de Fidel Castro e os policiais que querem raspar sua cabeça se te virem cabeludo. Era demais para mim, eu tive que partir. Mas estou bem, não se preocupe e não vá para Angola, não dê atenção àqueles degenerados, não dê atenção ao papai, que só fala bosta, espera até que eu arrume os seus documentos aqui ou que eu mande uma lancha para te deixar em Key West e então você poderá continuar com a sua vida, eu sei que você se veste de mulher, mas não me importo, todo mundo constrói um barco com sua vida e o joga no mar como quiser, eu estou cantando. Comprei um motorhome velho e ando pela Flórida, e em troca de cantar, me dão comida. Tive que deixar a negra, ela não suportava o fato de que lhe faltava um olho, me dava uma pena do caralho, mas as coisas são assim, Raulzito, desesperantes. Diga à velha que estou bem, mande o papai para a casa do caralho por mim. O mundo gringo não é o que eu esperava, mas você pode viver e não tem um discurso às seis da tarde para lavar o seu cérebro, nem os xis-nove do Comitê de Defesa da Revolução que te examinam a cada hora. Então estou feliz e não me meto com ninguém, não ando por aí dando socos na cara de ninguém, agora tenho uma namorada gringa, uma mulher negra que tem quase o dobro do meu tamanho, mas ela é uma daquelas mulheres que já nem se fazem mais. Não vá para Angola, não perdeu nada por lá. Essa é a coisa mais louca que já ouvi: Raulzito Iriarte em Angola. Que tipo de guerreiro você é? A russa ainda está com o papai? Essa russa está louca, mas o papai está mais louco que ela, mas é muita areia para o caminhãozinho do papai e cedo ou tarde ele não vai segurar a onda, e vai rolar sangue, estou dizendo, Raulzito, você vai ver.

— Veadinho de merda — diz o capitão enquanto se move sobre mim e enfia dois dedos na minha boca e lá fora ladra o cachorro que alguém trouxe de Luanda e agora é o mascote da unidade.

Eu sou o mascote do capitão.

— Ninguém é soldado ao nascer — diz, repentinamente. — Mas também ninguém é um soldado ao morrer.

Ele diz isso pensando nela, a morta, aquela que caiu em Cuba, onde não é tão fácil morrer como em Angola. Depois ele continua falando comigo:

— Eu estava entre os primeiros, entre aqueles que detiveram os afrikaners quando eles vieram para tomar Bengala, me lembro que Agostinho Neto proclamou a independência de Angola para que as últimas tropas portuguesas permitissem que nossos aviões aterrissassem no aeroporto de Luanda, ou seja, meu histórico de combate é enorme, por isso você tem que ter muito cuidado com o que você diz, está claro, Olivia?

Ele me chama de Olívia enquanto se move em cima de mim. Dói, mas aprendi a suportar. Quando ele termina, me dá um soco forte nas nádegas, ordena que eu vista minhas roupas militares e volte ao meu alojamento, que não me quer com ele.

— Não te suporto, sei que você sabia que ela estava morta, mas não me disse, por puro ciúme e maldade, você é má, Olivia Newton-John.

— Como eu saberia?

— Não se faça de inocente, eu sei que você é bruxa, vi seus olhos mudarem de cor quando algo estava prestes a acontecer, os vi passar do azul para um preto profundo, estranho... qual é a palavra... pérfido. Volte para os outros soldados e cuidado com o que fala, se eu ouvir o menor rumor sobre o que acontece nesta barraca, se alguém olhar para mim com o menor brilho de zombaria e depois olhar na sua direção, eu te mato, Raul Iriarte, não tenha dúvidas que eu te mato — diz o capitão e depois vira as costas para mim.

Eu saio.

Johnny, o roqueiro, será condecorado por ter esfaqueado aquele guerrilheiro que, como uma princesa encantada, estava dormindo na cabana. O guerrilheiro, que se recrutou por um punhado de comida para ele e sua família em Cabinda, ainda não notou que está morto, então ele anda pelo batalhão, olhando para nós cubanos com olhos infinitos de espanto. O sargento Carlos e eu o vemos. Mas Carlos não sabe quem ele é, ele só sente a presença, ele não consegue percebê-lo claramente.

— Temos que fazer alguma limpeza espiritual aqui — diz ele. — Tem umas presenças estranhas e más que nos odeiam circulando.

Eu sim vejo o angolano, sentado na grama perto do refeitório, olhando com fome ancestral para as colheres de arroz, ervilhas e mortadela que colocamos em nossas bocas. Ele está preso no nada do nosso acampamento. Ele não se junta ao redemoinho dos mortos que gira acima de nossas cabeças. Ele segue Johnny, o roqueiro, por toda parte e quer contar a ele sobre sua filhinha que ficou sozinha em Cabinda, quer contar sobre a hora em que colocaram um fuzil em suas mãos e explicaram onde ele tinha que apertar para que as balas saíssem para cortar vidas.

— *Nós apreciamos o som das balas, soa legal e perigoso como o trovão do dia chuvoso* — diz o angolano em um português de desenho animado, mas Johnny, o roqueiro, não ouve. Ele anda para frente e para trás, assobiando seus rocks habituais, mais feliz do que um domingo ensolarado. Eu sim posso ouvir o angolano e Atenas vai me traduzindo tudo o que ele diz. É assim que ela é, ela gosta de me atormentar. Orgulhosa de sua glória, ela aparece montada em uma carruagem de cavalos pretos com crinas desgrenhadas, tira seu capacete e me olha com olhos de coruja que também são os olhos de minha mãe.

— Ninguém é um soldado ao nascer — diz ela. — Mas também ninguém é um soldado ao morrer.

Sua filha é tremenda, Zeus pai, dá para ver que ela saiu de sua cabeça vibrando uma dança guerreira. Eu a ensinei a jogar xadrez e depois da segunda lição, ela seria capaz de vencer, se quisesse, Anatoly Karpov, Garry Kasparov e Bobby Fischer.

— A inteligência é assunto de deusas — me dizia ele, olhando para mim com um sorriso plácido.

Sigo sendo um soldadinho de chumbo, com pés tão pequenos que não conseguem encontrar botas para usar, todas ficam grandes, então sou forçado a enchê-las com chumaços de algodão que me dão na intendência, mas meus pés ainda ficam machucados, estão cheios de feridas, e o sargento Carlos me manda para a enfermaria.

— Não queo que cê volt até que ses pés tejam saudávis — diz ele, comendo metade de cada palavra.

Os jornais *Granma* e *Juventud Rebelde* que falam de nossa façanha chegaram à unidade. *Nunca tantos foram derrotados por tão poucos*, proclama o editorial da *Granma* em letras maiúsculas em negrito. Leio isso na enfermaria, o artigo menciona o nosso batalhão e menciona o capitão, e debaixo das palavras há uma imagem nossa, todos magros e murchos como flores esquecidas em um vaso. Todos usamos capacetes, mas o capitão, como oficial que é, também usa o grosso bigode preto. Ele ainda não sabia que ela estava morta, então ele está orgulhoso de si mesmo e segura a correia do fuzil. Atrás estão Carlos, Agustín, Osmel, o motorista do transportador blindado, morto por um obus chinês, e eu, que pareço uma garota que foi forçada a usar aquele capacete de fabricação soviética que é grande demais para sua cabeça.

Ouço os ecos das erínias ainda cantando:

— *Ajustado ao pé, ajustado ao pé, ajustado ao pé*.

Eu sei que desta vez elas cantam para mim.

— Ai, Cassandra — dizem as erínias —, agora não há ninguém que te livre dessa, você está nublando a glória do glorioso capitão e a de todo o batalhão, e com a do batalhão, a de todo o exército cubano.

— Seus pés estão acabados — diz o enfermeiro, olhando para mim com um resíduo de compaixão.

Depois ele sorri, vai até o armário dos medicamentos, puxa um tubo de creme analgésico e um pote de mercúrio cromo.

— Passe os cremes depois de tomar banho — indica, e depois coloca a mão direita no meu joelho e me olha nos olhos. — Pobrezinho.

Eu suspiro, calço meias e botas e, no caminho de volta ao setor da minha companhia, a cada passo sinto que não vou conseguir dar o próximo passo. Eu nunca imaginei que morrer seria um negócio tão árduo e difícil.

Preciso que o capitão tome uma decisão.

Os sábados e domingos são os piores dias da unidade. As horas se arrastam como um leopardo agonizando e, quando se cansam do beisebol, do futebol, do basquete e da música de Silvio Rodríguez e Pablo Milanés, os soldados procuram alguém para zoar e agora, sem a proteção do capitão, eu sou o mais adequado.

— Vem aqui, Marilyn Monroe, canta algo para a gente — pede o sargento Carlos, e quando ele não me vê, porque eu geralmente estou deitado na rede lendo, ele vai até a barraca e ordena com gritos que eu saia, que não seja um veadinho. Deixo o livro na rede, calço minhas botas e saio.

O capitão está em sua tenda. Sei que ele pode ouvir quando me chamam de Marilyn Monroe e me obrigam a pegar o taco para que eu aprenda a jogar beisebol, o esporte dos mais machos entre os machos, cubanos de verdade, não de garotinhas que se parecem com garotas inglesas, ou pior, sul-africanas.

— Olha pra frente — ordena Carlos. — Se a bola bater em você é porque não prestou atenção e a culpa não é minha.

Depois ele se afasta sessenta passos de mim, sobe no pequeno monte de terra batida e, antes de lançar a bola, imita os movimentos de um arremessador de beisebol das grandes ligas. Os únicos que estão jogando são Johnny, o roqueiro, que faz o papel de apanhador, Carlos e eu. Os outros soldados estão nos observando, não orgulhosos, mas extasiados. Eu tenho o taco na mão. A bola nas mãos de Carlos é dura, uma Batos que o capitão trouxe de Cuba. Está tão suja que é como se nunca tivesse sido branca. Eu levanto o taco e olho nos olhos de Carlos. Ele vai usar seu braço treinado em horas e horas passadas na academia improvisada da unidade para lançar a bola na minha cabeça. Eu sei disso. Atenas sussurra isso no meu ouvido.

— Agacha no tempo certo porque ainda não é o seu dia — exige a deusa, e quando a bola sai da mão de Carlos eu solto o taco e me deixo cair no chão. A bola vai parar nas mãos de Johnny, o roqueiro, que grita com um falso sotaque gringo:

— *Straight one*!

— Que istreiti ou estraiti o quê? Se por pouco não quebrou a cabeça dele — diz Agustín, que está sentado na grama ao lado dos outros soldados.

— Eu peguei a bola aqui — diz Johnny, o roqueiro, levantando-se e inchando seu peito. — Foi uma curva pelo meio, este Carlos nasceu para o beisebol.

— Eu sou primo de Braudilio Vinent — diz Carlos, e depois, com algo cansado, duro e suave na voz ao mesmo tempo: — Se prepara, Marilyn, aí vou eu!

Ele lança a bola novamente e eu volto a me jogar no chão.

— Isto é beisebol ou ginástica rítmica? — Carlos grita e ameaça: — Se você fizer isso de novo, Marilyn, eu te dou uma taxa de serviço, isso é uma ordem! Você é um homem ou uma barata? Você que manda no taco, caralho!

Ele esqueceu de acrescentar o Monroe. Eu empunho o bastão e olho nos olhos escuros do Carlos. Carlos é o homem novo, nascido para brilhar neste tempo, meu Zeus, ele faz tudo pelo bem da pátria, ele me chama Marilyn Monroe pelo bem da pátria, ele me obriga a jogar beisebol pelo bem da pátria que está tão distante, lá no Caribe. Eu jogo beisebol em um dia ensolarado em Angola. Jogamos beisebol para que o resto do batalhão olhe para nós e ria de nós, exceto os oficiais que estão ocupados com outros assuntos. Jogamos beisebol e *Anna Kariênina* ficou aberto na rede e penso que alguém pode roubá-lo de mim para limpar o ânus e então estarei mais sozinho, mais abandonado do que nunca, sozinho com os deuses, sozinho com Apolo, que se posiciona atrás de Carlos e unge o braço do sargento para que a bola voe rapidamente na direção da minha cabeça. Os encaracolados cabelos do deus se movem como serpentes magras atrás de Carlos.

Agustín se levanta do seu lugar na grama.

— O abuso acabou — diz ele com uma voz estridente. — Eu vou rebater, me dá o taco, Marilyn Monroe.

Ele me chama de Marilyn Monroe sem perceber, mas com essas palavras ele abre um abismo e ele está de um lado e eu do outro. Ele me chama de Marilyn Monroe, Marilyn Monroe eu fico, e embora ele faça isso para me ajudar, é como se desaparecesse aquela tarde que passamos junto, quando a russa, meu pai e minha mãe foram me visitar, pouco antes de partirmos, e meu pai colocou a mão no ombro de Agustín, olhou em seus olhos e lhe disse que deveríamos cuidar um do outro e nos respeitar. Meu pai, aquele homem diminuto com os braços de um fortão de circo, pediu um favor a outro homem, pediu que, por favor, defendesse seu filho, pediu, talvez pela primeira vez, e a russa, pegando na mão do adolescente, disse também:

— Por favor, Agustín, você já sabe como ele é tímido e retraído.

Mas não tem ninguém para me defender, é muito arriscado me defender, então quando Agustín se levanta para rebater por mim e me chama de Marilyn Monroe como os outros, eu sei que estou perdido como um vendaval sem rumo. Estou acompanhado apenas pelos deuses Atenas, Apolo, Ares e Afrodite, que se sentam ao meu lado na grama e observam como Agustín se prepara para bater.

Na outra foto, a que apareceu no jornal *Juventud Rebelde*, também de nosso batalhão, eu não apareço, o capitão tampouco. Carlos, Agustín, Johnny, o roqueiro, e o tenente Amado Sánchez, sentados em cima de um tanque T-55M novinho em folha, olham para a câmera com olhos desafiadores. Eles não se parecem com o que são: soldadinhos de chumbo. Nessa foto, somos os "cubanos", as pessoas da UNITA fogem quando cheiram que estamos perto, basta vestir os da FAPLA com uniforme cubano para que eles se dispersem. Volto para a enfermaria e me sento no beliche com os pés para o ar e leio aquele jornal. O enfermeiro olha para mim com olhos de compaixão e me permite ficar mais um pouco. Ele tem quarenta e dois anos e é formado em enfermagem.

— Eu gosto de ler e de ver filmes franceses e… eu sou testemunha do quanto os outros soldados o tratam mal e não gosto do abuso nem da zoação que fazem, e isso é porque eu não sou como os outros...

— Isso é bom.

— Isso é bom o quê?

— Que não seja como os demais.

— Ah... você tem uma pele muito fina — diz ele com as mesmas palavras que o capitão sussurrava em meu ouvido.

Eu concordo. Ele espera que eu saia contando tudo sobre meus perrengues ou sobre meus segredos mais profundos. Eu não digo nada, e então o enfermeiro traz sua mão direita para próximo do meu rosto e acaricia as minhas bochechas.

— Ele não vai descobrir — diz ele, e eu sei a quem ele se refere e sei o que o enfermeiro deseja, agora que estamos sozinhos na enfermaria, porque é domingo e muitos estão jogando beisebol e os outros estão escrevendo cartas para as suas famílias, cartas que começam com a frase, a frase inevitável, *espero que hoje você esteja bem, eu estou bem*... Eu não digo nada e o enfermeiro, de repente, fica muito sério e adota uma postura distante, cheia de profissionalismo civil e de virilidade militar.

— Tudo está bem com esse pé, soldado Raul Iriarte, você pode se juntar à companhia.

"Ele não vai descobrir", o enfermeiro acabou de me dizer com uma voz melosa. Eles falam sobre nós. O batalhão é uma orelha enorme que ouve tudo o que dizemos para contar depois. Eles falam sobre nós, o capitão e eu estamos ligados por um fio invisível que ele já não pode mais desatar, mesmo que ele pare de me ver, mesmo que finja indiferença. Eles falam sobre nós e estamos sob suspeita, ele nunca mais poderá subir no palanque para discursar para o batalhão sem que todos os olhos se voltem dele para mim e todos os seus gestos, por mais viris que sejam, por mais guerreiros que sejam, são para sempre apenas simulacros atrás dos quais ele finge se esconder. O capitão já não é um herói, apesar de ter aparecido nos jornais. O capitão é um silêncio e um gesto disfarçado. Os inefáveis policiais militares da divisão vão investigá-lo e o mesmo oficial obscuro que o advertiu sobre a morte de sua esposa em Cuba virá lhe contar que estão atrás dele por uma suspeita tão terrível que ele não se atreve a colocá-la em palavras, uma suspeita que o liga ao soldado chamado Raul Iriarte. O capitão vai se levantar quando ouvir isso, vai fingir que não pode acreditar, o bigode vai deixar de ser tão grosso, ele vai bater com força na mesa e soltar:

— Mas como se atrevem!

— É só uma investigação — dirá o oficial obscuro. — Você sabe como são os mexericos, recebemos uma denúncia anônima.

— Quem enviou?

— Foi anônimo, como posso saber? — diz o tenente obscuro e sorri.

"A minha moral depende do seu silêncio", você tinha me dito, capitão, e eu tenho estado em silêncio, e ainda assim a sua moral está na boca de todo mundo, e embora você me afaste e não queira saber de mim, embora para você eu seja um vendaval sem rumo, você e eu estamos ligados pelo fio invisível que nos une um ao outro e que vai nos aproximando, nos unindo.

Ouvimos o tam-tam das mulheres angolanas batendo na madeira em uníssono e esse tam-tam nos denuncia e o capitão não pode dizer nada, olhando o tenente obscuro nos olhos:

— É que ele se parece muito com ela.

Ele não pode dizer nada. Ele sabe que qualquer gesto de consentimento afastará para sempre aquele tenente de pele escura que também é de Holguín e que ele não pode conceber que a decisão do capitão seja outra senão a de atirar em si mesmo no peito e deixar uma carta dizendo que ele morre por sua honra como um respeitável militar revolucionário, humilhado por mexericos. Mas o capitão não está pensando em cometer suicídio, ele sabe que voltará para Holguín para contemplar o lugar onde ela descansa para sempre.

— Quando eles me falaram desses mexericos, eu disse para eles que não, que eu te conhecia da escola de cadetes, que você sempre foi muito macho e que há muitas mulheres por aqui, que você não tinha nenhuma necessidade... Fiz bem? — pergunta o tenente e olha para o capitão com olhos suplicantes, ele precisa de um sim como resposta, ouvir que fez bem. Ele precisa disso como o leopardo sedento e ferido de morte precisava de água, mas o capitão não responde, ele se levanta da cadeira dobrável e sai da tenda, e fareja a noite novamente, mas hoje não permitirão que ele faça bobagens, não permitirão que ele vá à caça de guerrilheiros da UNITA. Ele é obrigado a responder. As palavras o perseguem e o cercam, está rodeado de palavras.

— Fiz bem? — Ressoa no ar como um murmúrio destinado a não se apagar, como uma chama de vela, às vezes vivaz, outras vezes moribunda, mas nunca totalmente apagada.

Estou deitado na rede e o capitão me sente, é como se eu estivesse caminhando sobre seu corpo. Eu, Cassandra, como um vendaval sem rumo, estou caminhando sobre o corpo do capitão e ele sente isso. Ele me sente e eu sou culpado de ter vindo à Angola para estragar a sua vida. É por isso que Raulzito deve morrer, pensa o capitão, que precisa usar um diminutivo para me imaginar perdido durante a noite.

Marilyn Monroe, Agustín me chamou, assim sem propor nada, sem tentar me ofender, ele me chamou de Marilyn Monroe como alguém que chama uma árvore de árvore e uma pedra de pedra. *Marilyn Monroe, você me chamou, Marilyn Monroe eu fiquei sendo. Pergunte a sua mãe quantos filhos lhe deixei,* eu poderia responder-lhe, mas isso seria uma piada de mau gosto. A mãe de Agustín está morta, queimada pela falha de um desses fogões a álcool e querosene que, quando explodem, não deixam pedra sobre pedra. Agustín foi adotado por uma tia, chamada Zoila Cornejo, que trabalhava como zeladora na escola onde fizemos o primário juntos e a quem alunos e professores apelidaram de "Eu sou a *conejo*". Agustín defendia a tia e cantava boleros velhos nas festas da escola. Sua vez de cantar era sempre depois de alguma mocinha do quarto ano, que movia os braços da direita para a esquerda, quase como as lâminas de um moinho de vento, e recitava aquilo sobre *montanhas chorando porque mataram o Che*, então era a vez de Agustín interpretar um desses boleros compostos pelo comandante Juan Almeida, de quem só sabíamos que estava nas fotos dos livros de história, levantando o braço atrás de um Fidel Castro de terno de sarja e seu rosto de barba feita. Agustín cantava aquele bolero sobre uma mexicana bonita, de bom coração e gentil, e nós aplaudíamos e as professoras diziam que ele era já um varão, quase uma estrela de cinema, e que teria futuro no esporte. Mas depois lhe faltaram dois pontos para poder entrar na Escola Superior de Aperfeiçoamento Atlético e ele foi recrutado pelo exército, como eu.

— Foram pegos pela praga — disse o pai de Agustín, que foi se despedir quando já estávamos indo para Angola.

O pai de Agustín, negro, alto e motorista de caminhão, com uma corrente de ouro grossa ao redor do pescoço, com a mão no ombro de Zoila Cornejo, sorri como se houvesse algo para se alegrar. Vamos embora para Angola, e a russa e os meus pais ainda não chegaram, então o pai de Agustín tira uma caixa de cigarros da marca Popular do bolso de seus jeans feitos no oeste de Cuba e nos oferece, e fumamos os quatro, de pé, perto do jardim daquela unidade chamada Loma Blanca, o lugar da concentração, antes de partir para Angola.

— Comportem-se bem lá — diz o pai, que se parece muito com seu filho.

Zoila Cornejo tem as mãos longas e os olhos severos detrás de óculos de armação de acrílico preta, ela é muito magra, não teve filhos e está velha para tê-los. Entre ela e Agustín sempre houve uma cumplicidade que é perceptível nos pequenos gestos, quase sinais, como arrumar o colarinho de sua camisa e segurar sua mão suavemente. Ela não disse nada desde que chegou. É claro que tem sido muito difícil para ela ver seu filho de coração, de cabelo raspado até a pele e vestido de militar, já pronto para partir. Minha mãe ainda não chegou. Com a minha partida, minha mãe está perdendo duas pessoas, a irmã Nancy e o filho Raul. Eles chegarão quase ao mesmo tempo, meu pai, a russa e ela. Minha mãe em um táxi e os outros dois no velho Chevrolet de que meu pai se orgulha tanto.

— Olá, pessoal — meu pai dirá como cumprimento e dará um forte aperto de mão no pai de Agustín, como se fosse para mostrar quem é o macho.

O pai de Agustín olhará com apreço para a russa, um olhar meio velado, e a russa olhará para ele com um largo sorriso. Desde que ela chegou em Cuba e antes de conhecer meu pai, todos os maridos, namorados e amantes dela eram negros, bem pretos, como o pai de Agustín, e meu pai sabe disso, então ele coloca a mão nos ombros de Liudmila e arruma seu cinto.

— Vamos nos sentar — diz ele em uma voz mais brusca do que a habitual.

Meu pai mal falou comigo, ele tem que desempenhar seu papel de macho e eu, um adolescente imberbe, sou quase a negação do que ele é. A russa me deu um beijo e a minha mãe me abraçou com força, suas lágrimas molharam minhas bochechas, então ela começou a falar com a Zoila Cornejo e vamos todos nos sentar perto das árvores onde já estavam os outros parentes dos soldados que partem para Angola.

— O que nos resta aqui não é nada — diz Agustín e empurra a terra com seu pé direito. — Espero que a gente caia na mesma unidade.

— Sim — digo, embora já saiba que um dia ele me chamará de Marilyn Monroe, sem pretender, como se fosse a coisa mais natural do mundo, eu sei que um dia ele tomará meu lugar no jogo.

— Acabaram os abusos aqui, eu mesmo vou rebater, me dá o taco, Marilyn Monroe.

Ele arranca o taco de madeira da minha mão como um louco, convencido como os outros de que sou incapaz de acertar a bola, e a piedade nos separará, nos fará estranhos para sempre. *Ajeno, serás ajeno*, penso nesses versos de um poeta de Cienfuegos enquanto vejo como Agustín se coloca na base principal e olha com olhos ferozes para Carlos, que ri.

— Que sortudas são algumas para encontrar namorados!

— Para de falar merda e arremessa a bola, joga ela bem no centro, se for homem — diz Agustín e posiciona o taco atrás.

— Você e sua namoradinha vão ver o que é um macho!

Carlos lança a bola. Agustín estica o bastão no momento certo. Se ouve um toc poderoso, seco e profundo, e eu vejo como a bola voa para longe, voa para o mato, caindo onde o leopardo uma vez se escondeu.

Vários soldados têm os dentes do leopardo pendurados ao redor do pescoço. O capitão veste as duas presas da mandíbula superior. Eu as vi quando ele me despiu e me empurrou pelos ombros para que eu me ajoelhasse e beijasse seu pênis. Essa imagem está indelevelmente gravada na memória do capitão que ainda está olhando para a noite, que ainda não responde à pergunta do tenente de pele escura.

— Fiz bem? — repete o tenente para si mesmo e também sai da tenda.

A lua da África ilumina a ambos e eles são deuses sob o redemoinho de mortos que esperam pela resposta, todo o exército cubano espera pela resposta, e os animais da selva e as mulheres que mantêm indecisos o som de seus tantans e os velhos que param de contar histórias que tratam de princesas que se rebelam contra o poder do homem branco, todos eles esperam pela resposta, eu espero pela resposta. Deitado no beliche, com a minha bochecha apoiada no travesseiro e com as minhas mãos entre as coxas como se eu quisesse aquecê-las. Cassandra espera pela resposta, meu Zeus, espera que o capitão deixe de pensar e que o mundo continue girando, mas o capitão ainda não responde e o universo continua soprando indeciso e eu tenho dezessete anos e estou vestido de mulher e um boxeador me beija no escuro de um cabaré em Cienfuegos, acreditando que eu sou muito recatada, muito virginal e cheia de pudores, porque eu não permito que a sua mão negra desça até minha pélvis e toque minha vagina e falo com ele sobre os Beatles para distraí-lo e para distrair a mim mesmo, que não sinto nada. Pensei que eu ia gostar, pensei que ao beijar este moço, tão lindo quanto o efebo dos Praxiteles, o desejo se encheria para depois desatar sobre mim com essa força a mais, e o que eu fiz até hoje e farei ainda é para isso, mas não, estou frio sob os beijos do jovem que procura a minha língua e a encontra e depois diz que minhas mãos são macias e que sou a mulher mais bonita que ele já viu, não só em Cuba, mas também no exterior, lá no Texas, onde ele foi competir. Ele me diz isso olhando para mim com seus olhos castanhos, enquanto Roberto Carlos canta "*qué bueno que comenzó esta música suave…, qué bien si esta música no terminara jamás*", mas vai terminar, Zeus, que reina no Olimpo, esta música suave vai terminar e, com ela, todas as músicas e eu estarei vestido de mulher no centro do cabaré e todos verão como eu ando, como eu me movo, como eu rebolo, um pouquinho, quase nada "*se me enamora el alma / se me enamora, / cada vez que te veo rondar mi calle*". Eles veem que me movo como eu me movia em Ílion quando, acompanhada pelas escravas, atravessava a ágora e os marinheiros fenícios acariciavam suas longas barbas negras enquanto eu passava.

Dentro de três dias, quando estivermos alinhados para o café da manhã, Johnny o roqueiro sussurrará que tem que falar comigo, mas que o que ele me conta é um segredo tão grande que ninguém pode saber.

— Nem se eles te torturarem, não revele que eu contei, Raul.

Eu assinto com a cabeça, e enquanto bebemos nosso café aguado com leite ele começa a confessar o que ouviu sem querer, mas que, como ele sabe, não pode deixar de me dizer para que eu esteja preparado.

— Estão falando umas coisas sobre o capitão e sobre você — diz Johnny. — Toma cuidado, um tiro pode vir de qualquer lado e depois podem dizer que foi um atentado da UNITA, e se o cão está morto, a raiva acaba, entende o que eu quero dizer?

— Não muito, mas obrigado, Johnny.

— De nada, eu gosto de você, Raul, mas sempre achei que você não pertence a este lugar... todos nós não pertencemos, eu matei um homem, cravei a baioneta nele e senti que a baioneta se tornou parte dele, era como um órgão vibrando em minhas mãos, a coisa mais estranha do mundo, se eu não tivesse saído para vomitar eu teria enlouquecido, agora eu tenho um homem morto na minha consciência, sabe? É difícil.

— O que vocês dois estão cochichando aí? — pergunta Carlos, que está sentado em uma das mesas próximas. — Apressem, temos que começar.

Carlos também sabe, dá para ver na maneira como ele olha para mim, na realidade Carlos sempre soube, Carlos também sente os mortos, mas não os deuses, para ele, os mortos são apenas uma névoa, uma sonolência, um ficar parado sem olhar para nada, Carlos sabe que eu sei demais, como o capitão, que sempre soube que eu sabia que sua esposa havia morrido antes da chegada da carta e que também sabia que eu poderia ter avisado Martínez que, certa noite, um soldadinho de Savimbi iria atirar nele um projétil de morteiro de 80 milímetros e dividi-lo em dois e que não haveria mais Martínez, nem haveria mais lembranças das lindas ruas do exclusivo bairro de Miramar, nem haveria mais viagens às aldeias para buscar mulatas putas, não existiria mais nada disso, Martinez se juntaria ao redemoinho de mortos que vem nos seguindo como um enxame de mosquitos desde que chegamos aqui.

Martínez e os olhos do leopardo.

— Você é estranho, Marilyn Monroe — diz Carlos, mas ambos somos estranhos, ele e eu, só que eu sou mais estranho do que ele, eu sou Cassandra e poderia lhe contar sobre meu tempo em Ílion, poderia lhe contar que estive aqui antes, no Velho Mundo, mas o que Carlos sabe sobre isso? Quando eu já estiver morto, em uma tarde de agosto, meus pais se sentarão na sala de estar de minha antiga casa e pensarão onde e como tudo começou, e ele culpará a *Ilíada*, um livro tão inadequado para uma criança hipersensível, mas ela dirá que não, dirá que tudo começou quando meu pai me levou para a galeria de artes no Parque Martí em Cienfuegos e lá eu vi a cópia de *O jardim das delícias terrenas* de Hieronymus Bosch, e então eu nunca mais fui o mesmo, minha mãe vai se lembrar que eu voltei para casa chorando, como se naquele tríptico eu tivesse encontrado algo que me aterrorizava, algo que era demasiado para mim, mas de um excesso exagerado, sem limites nem contenções.

— Alguma coisa se partiu nele depois de ver aquele quadro — dirá minha mãe — e a *Ilíada* só desencadeou impulsos que já estavam presentes.

Como a russa está muito longe, trabalhando em Santa Clara, minha mãe ousará mostrar a meu pai toda a sua superioridade intelectual, ela o tratará como o que ele é, um simples mecânico que mal terminou o ensino fundamental.

— Não sei como eu pude me prender a você, nunca gostei de homens baixinhos, é que me enfeitiçou, você era o único homem branco que sabia dançar como um negro e eu queria melhorar a raça, não queria casar com um branquelo com dois pés esquerdos.

— Você ainda é a mesma faladora de antes, quando você abre sua boca e começa a jorrar flores, não há quem te cale, por favor, um pouco de paz, já perdemos um filho.

— E eu também perdi uma irmã — dirá minha mãe, tentando se lembrar da verdadeira Nancy, mas ela só verá a minha imagem, com o vestido que ela me ajudou a vestir e o penteado que ela fez para que eu fosse sua amada irmã por um tempo.

— Mas isso foi há muito tempo, e uma irmã não é o mesmo que um filho.

— Eu sei, não me lembre... Se ao menos tivéssemos Raulzito para enterrá-lo corretamente e levar flores, mas ele ficou lá em Angola.

— Talvez ele esteja vivo, ninguém viu o corpo e, com essa gente, não dá para acreditar nem na água que bebem. Talvez ele esteja vivo, lendo seus livrinhos, lá na Zâmbia ou na Rodésia, ninguém sabe.

— Não, ele morreu, eu o sinto aqui, bem no peito, desde que a carta chegou, senti um aperto que não vai desaparecer, não me faça ter esperanças, por favor, tenha piedade pelo menos com isso.

— Sim, é melhor considerá-lo morto.

Eles terão essa conversa seis meses após minha morte, mas por enquanto estou vivo e tenho que fingir que ninguém sabe de nada, sentindo como olham para nós. De pé, em formação, atrás de Carlos, o sargento, e na frente de Matías, escutando como o capitão, cercado pelos oficiais superiores, nos olha com raiva e diz que somos uns filhos da puta, traidores, e que os fofoqueiros vão pagar caro, que quem brinca com a moral de um homem merece ser lançado ao mar com uma pedra amarrada ao pescoço. Todos nós, oficiais, sargentos e soldados, permanecemos em silêncio, em continência, e o capitão não especifica, mas todos sabem que estão se referindo a ele e a mim. Os olhos do capitão perambulam pelo batalhão, examina em detalhe cada soldado e cada oficial, examina os lança-foguetes RPG, os carregadores das metralhadoras PK, os fuzileiros e seus AK, mas seus olhos não param em mim, como se eu fosse invisível. O capitão não me vê, seu olhar desliza sobre o lugar onde estou parado.

Eu sou sombras para ele.

— Difamadores pagarão, difamar um oficial das Forças Armadas Revolucionárias sem provas é um ato de contrarrevolução que é severamente punido, porém... se a pessoa, seja oficial, sargento ou simples soldado, que escreveu a nota anônima e depois a enviou ao comandante de divisão, der um passo adiante e se arrepender agora mesmo, na frente de seus camaradas, ou explicar porque o fez, a água não precisa correr para o rio e tudo pode ser desculpado.

Ninguém diz nada, o batalhão agora se parece com um escuro batalhão de sombras, como eu, porque quando diz isso, o capitão não nos olha, e só aponta seu olhar para algo acima de nossas cabeças.

— Estou esperando — insiste o capitão.

O tenente de pele escura também está esperando. A pergunta não respondida, "Fiz bem?", também paira sobre as nossas cabeças. Ele voltou ao Estado-Maior do regimento sem a resposta. Ele dirá ao coronel que o capitão está tão chocado com o forte ataque à sua moral que ele permaneceu impassível.

— Ele está na merda.

Ele dirá isso e se acomodará no sofá sem que o coronel ordene. Ele não é mais do que um elo do Estado-Maior, como o príncipe Andrei em *Guerra e Paz*, mas tem um poder que vai além de seu posto de primeiro tenente, ele é segurança do Estado e está destinado a ser o acompanhante pessoal de Fidel Castro e a ir a Havana viver em Punto Cero, onde se come como um rei. Ele não pode sair como fiador do capitão, ainda que se conheçam há muito tempo, o capitão é acusado de sodomia e isso é inaceitável. Ter deixado que a mera suspeita surgisse já é demais. O tenente de pele escura não pode fazer nada por ele.

Seremos interrogados, o capitão sabe, e ele não pode confiar em mim, e, mais do que isso, ele tem certeza de que eu vou ceder e contar tudo com lágrimas nos olhos. Além disso, o capitão, que está diante da formação sem olhar para ninguém em particular, pensa que quando os fiscais militares virem como essa cadela é feminina, estaremos ambos condenados de antemão, a menos que..., o capitão continua pensando, a menos que Olivia Newton-John morra, a menos que as balas a levem ao lugar de onde não há retorno, totalmente, muito pouco vai ser perdido, ela não parece destinada a viver muito tempo. Então, não haveria ninguém para interrogar e tudo estaria claro, limpo como um assovio, como as asas de um pássaro que são Cuba e Porto Rico.

— *Puerto Rico, ala que cayó al mar, / que no pudo volar, / yo te invito a mi vuelo / y buscamos juntos el mismo cielo* — Pablo Milanés pode ser ouvido pelos alto-falantes do acampamento, em um domingo quando Agustín e eu estamos sentados jogando xadrez, como não fazíamos há muito tempo.

Agustín também evita olhar para mim, ele se concentra nas peças, move sua rainha, levanta e a coloca de volta no tabuleiro, eu poderia invocar a lei da FIDE que diz que uma peça tocada é uma peça jogada, mas eu não faço. Ninguém mais me chama de Marilyn Monroe, há algo no ar que os impede de me chamar assim e todos sabem disso: o capitão vai me matar. É claro como o céu que ele não vai deixar passar essa, ele não vai deixar que arranquem a verdade tão facilmente e se essa é a única solução, então não há remédio. Eles olham para mim como se olha para um homem morto e me respeitam. Até mesmo Carlos me chama de soldado Raul Iriarte nas poucas vezes que se sente obrigado a me dizer algo.

— Não sei o que aconselhar — diz Agustín, de repente. — Se você me contasse seria mais fácil, eu posso entender muitas coisas.

Lembro da canção de Omara Portuondo "*si te contara mi sufrimiento, / si tú supieras la pena tan grande que llevo dentro*".

— Não tenho nada para contar, diga ao meu pai que está tudo bem, que eu consegui, vá até a minha casa e lhe diga isso, só para ele, e talvez ele entenda, não diga nada para a minha mãe ou para a russa.

— Você está se referindo a quê?

— Você sabe.

O jovem boxeador também sabia, naquela noite em que me beijava, iluminados pelo jogo de luzes da discoteca, ele suspeitava, mas não disse nada. Depois de nos beijarmos na pista de dança, saímos para a rua e nos sentamos na calçada. Ele me ofereceu um cigarro e me perguntou se eu queria ir com ele ao hotel para continuar a festa.

— Se você quiser, Wendy, o Capitão Gancho pode ir também, eu tenho um amigo para ela, que pratica caratê.

— Eu gostaria muito de ir, mas vou embora amanhã.

— Para onde? Havana? Mais longe? Você está saindo do país? Está emigrando? Não tem medo de aviões? Eu sim, tenho muito medo, às vezes sonho que olho para fora da janelinha e vejo como a asa se desprende do avião, eu quero avisar o piloto, mas fico mudo, é algo muito estranho, Wendy. Sonho com isso e depois conto para a minha namorada que sonhei que o avião caía e ela me pergunta se eu estava dentro ou fora. Para não assustá-la, lhe digo que eu estava sentado no malecón de Havana quando o vi cair no mar.

— Ah, mas você tem namorada?

— O que isso tem a ver? Você quer se casar comigo? Porque, se for assim, vamos agora mesmo para o cartório.

— Sou muito jovem — disse e me levantei. — Vou procurar minha amiga.

— Está bem, vá em frente, vá com essa feia que se parece homem. Continue vivendo sua vida de merda nesta Cienfuegos, que é o cu do mundo, eu queria te levar para Havana.

— Eu não perdi nada em Havana, já disse que eu vou embora.

E era verdade, eu ia para Angola.

Você as vê aparecer no horizonte, primeiro uma, depois muitas, e eu gostaria de confundi-las com gaivotas, mas depois as asas se tornam madeira, cascos, remos e o que você confundiu com o ruído de um pássaro se torna uma indiscutível voz articulada, são os aqueus desembarcando, eles ainda não vieram para nos matar, eles querem algo, eles querem Helena. Um sentinela com uma túnica curta e sandálias de couro entra no palácio onde estou com meu pai e apenas grita:

— Aqueus!

Vamos para as muralhas. Meu pai e todos os seus filhos. Menos Páris, que ainda está dormindo e ninguém o acordou. Eu sei que eles estão vindo por ela, pela bruxa.

— Deixe que a levem embora — eu digo ao meu pai.

O velho Príamo escova sua longa barba e olha para sua filha, que está diante dele com um aspecto ainda menor do que o normal. Ele olha para os guerreiros aqueus que já estão deixando para trás o altar de Poseidon, tão perto da praia, e avançam ao longo do caminho que leva a Ílion. São apenas vinte deles. Príamo poderia mandar massacrá-los se quisesse, eles vêm pedir a um rei que se humilhe, trazem azeite, mirra e um cavalo branco com uma crina vertiginosa. Ulisses é aquele que caminha na frente de todos, Príamo o reconhece por seus ombros largos e pelo modo de esquivar o olhar.

Os outros marcham sombrios, esparsos, estão longe de seus habituais jogos e da tagarelice. É um dia muito ensolarado e, contudo, há algo triste na atmosfera e o corcel de crina branca parece sentir que está prestes a ser sacrificado ao deus do tridente. Eles chegam aos pés da muralha. Os arqueiros preparam suas armas mortíferas e olham para o rei.

— Entregue-a — sussurra Cassandra, a de cabelos pretos.

O sol brilha sobre as espadas nuas. A lança de Ulisses ressoa quando ele a deixa cair no pó e diz que vem em paz.

— Abram as muralhas! — diz o rei, e meu irmão Heitor olha para ele apaziguado, ingênuo, acreditando que tudo pode ser resolvido com uma caminhada e algumas ânforas de vinho. Pobre meu irmão que sai primeiro e abraça o sombrio Ulisses que surge em nome dos Átridas. Vejo onze gaivotas sobrevoarem os dez navios aqueus, uma das aves lança um chiado e mergulha no mar em busca de uma presa, então são dez gaivotas e dez navios. Dez anos de guerra estão chegando e, no décimo primeiro, Ílion vai cair. Eu sei disso, está marcado com ferro nas costas do tempo e já nada pode ser feito, em vão as oferendas votivas a todos os deuses, em vão a hecatombe, está marcado como se fosse com brasas, Ílion cairá e eu olho para meu pai com lágrimas nos olhos.

Meu irmão José está me esperando na sala da casa, contaram a ele que eu cheguei muito tarde da noite com um short que mostrava a popa da bunda e que por trás eu parecia mais uma mulher do que um homem, isso foi dito pela vizinha do terceiro andar, aquela que ama Carlos Puebla e *tu querida presencia, / comandante Che Guevara*. É quase a única canção que ela ouve.

Tenho dezessete anos, meu irmão já não mora mais conosco, ele está prestes a emigrar e ainda assim veio me cobrar. Ele se parece comigo, em versão morena, mas ele é um pouco mais alto, quase nada. E herdou os músculos do meu pai. Debaixo da camisa apertada, esses músculos olham para mim com desconfiança.

— Você é veado, Raulzito?

— Não.

Falta pouco para que a minha mãe volte do trabalho, o piso quadriculado vai se tornar um mar de linhas paralelas, eu posso sentir isso, mas tenho medo do que essas linhas me dirão, então olho meu irmão nos olhos. Embora esses olhos não sejam movidos pelo amor, mas pelo espanto. Meu irmão olha para mim horrorizado como se eu, mais do que uma pessoa, fosse uma serpente de cem cabeças.

— Se o velho descobrir, ele te mata e será expulso do partido e possivelmente também do trabalho, é proibido ter um filho veado. Me dá a roupa de mulher, vou jogá-las fora agora mesmo, vamos lá, isso é culpa da mamãe... você acha que eu não sei? Você acha que eu não a vi brincar de que você era a falecida, a tia Nancy...? A mamãe acabou com você, ela te transformou nisto.

Para o meu irmão, eu sou "isto", algo que ele aponta com a ponta do dedo, eu sou o inominável, Raulzito, o Sem Ossos, é agora Raulzito o Sem Sombras, mas quando eu saio à noite eu sou Wendy e encontro adolescentes que me tratam como uma garota muito terna, quase nada, uma jovem que não deixa que ninguém cutuque a sua virilha porque ela é virgem. Como as ondas do mar quando ainda não amanheceu, essa garota muito bonita é virgem, embora qualquer um a beije, qualquer um cola seus lábios em seus lábios, sua língua em sua língua e engole a sua saliva, porque ela deixa, ela é um pouco fácil, mas parece europeia, francesa ou alemã.

Meu irmão entra no meu quarto e procura a roupa de mulher, mas a roupa não está no meu quarto, eu não sou tão estúpida, minha amiga e eu a escondemos em uma velha mansão abandonada onde ninguém vive mais, lá temos uma gaveta com a nossa roupa e a nossa maquiagem, somos tão cautelosas, entramos quando ninguém nos vê, só saímos se a cadela que alimentamos não ladra. A cadela se chama Alice e a mansão se chama Wonderland e está do outro lado do espelho.

Se eu pudesse voltar a Cienfuegos, meu Zeus, eu voltaria para essa mansão que se desmorona e tudo voltaria a ser o mesmo, mas as erínias já voam sobre minha cabeça e persistem em seu canto.

— *Ajustado ao pé, ajustado ao pé, ajustado ao pé!* — As erínias soltam as suas vozes estrondosas e, lá na distante

Cienfuegos, minha cadela Alice, que ainda vive em Wonderland, começa a latir inconsolavelmente. Me falta pouco, eu sei, porque as palavras do tenente de pele escura, que cumpre na divisão do exército cubano a mesma função de Hermes no Olimpo, ainda ecoam nos ouvidos do capitão.

— Fiz bem?

— Claro que fez bem em me avisar — diz o capitão finalmente —, é para isso que servem os amigos.

Eu não sou amigo do capitão, eu fui a coisa em que o capitão derramava angústias, saudades e sêmen. Agora eu sou uma pedra em seu sapato, não sirvo nem mesmo para ler para ele a carta encharcada que guarda no bolso.

— A moral dele depende do seu silêncio — sussurra Apolo no meu ouvido.

Eu sou invisível. Nem mesmo Carlos me repreende quando eu fico para trás na formação.

Uma tarde, após o treinamento, Agustín me aconselha a desertar.

— E para onde eu vou?

— Eu não sei, mas desaparece... se eles perguntarem onde você está, eu vou dizer que você foi para a enfermaria, não sei, vou pensar em algo, eles vão te machucar, Raul, se você não for... o capitão está louco, vai embora.

Meu pai soltou um caranguejo no chão. Ele o deixou passear pelo meio da sala que minha mãe tinha limpado com tanto cuidado. Ele encheu o piso quadriculado de areia e olhou para nós com suas garras engatadas, parecendo feliz, como se seu destino fosse diferente do de seus irmãos, destinados à grande panela cheia de água fervendo. Tenho cinco anos de idade e o meu pai deixou um caranguejo solto para que meu irmão e eu fiquemos tranquilos. Ambos estamos sentados no sofá, o vemos ir e vir, como se estivesse se perguntando o que é este lugar, este novo planeta aonde chegou em um saco, cercado de amigos que não estão mais com ele. O caranguejo está sozinho no meio da sala, está vivo, mas já está morto, porque meu pai logo virá buscá-lo. Triste destino de um crustáceo que pelo menos tem garras para realizar ao menos um ato de defesa.

TENHO A MINHA AK, o capitão vai me chamar, ele vai tocar os meus pés furtivamente e vai me sussurrar para sair do alojamento, porque precisamos conversar. Todos fingirão dormir, até Agustín fingirá dormir. Depois ele me levará para o mato, de onde eu não voltarei.

Volto àquela foto onde estamos todos nós, recém-chegados em Angola. Tenho o jornal na mão, estou sentado na enfermaria enquanto o enfermeiro me olha com um sorriso tão enigmático quanto o da Gioconda. O enfermeiro tem o meu pé direito em sua mão e diz que a pele é tão macia quanto a pele do meu rosto, que é a coisa mais bonita que eu tenho. Ele diz isso baixinho porque há outros soldados ouvindo. Falta só um ano para que regressem à Cuba, para aqueles que vão regressar. Eu não vou regressar. Eu sinto a mão do enfermeiro no meu pé e vejo a foto onde estou recém-chegado em Angola e pareço um soldadinho de chumbo e tudo está cinza ao nosso redor. O enfermeiro beija os meus pés, eu sinto a umidade na sola, depois no tornozelo.

— Pés de garota — diz ele —, sem um único pelo.

Depois, ele vai fechar a enfermaria e vai pensar em mim e um pouco também no capitão. Ele sabe que o capitão e eu estamos condenados. O enfermeiro sabe que o rumor é como uma avalanche de tanques avançando e que no Estado-Maior o pessoal da divisão já está comentando. É por isso que ele me disse o que me disse e sabe que eu não vou sair dessa.

— Tantas peças em jogo e é difícil simplificar as coisas na vida porque a vida não é como o xadrez — me diz Agustín que, sentado em minha frente, jogando xadrez, sacrifica sua rainha para me dar um xeque-mate que logo se revela ilusório e o jogo termina em um empate.

— Sinto falta do mar — diz Agustín. — Quando eu voltar a Cienfuegos, vou ao Rancho Luna e passarei um mês inteiro sem sair da água.

— Falta pouco — digo, e ele me diz que nada vai acontecer, que as coisas às vezes parecem mais terríveis do que são, que eu não deveria ter medo.

— Eu sei, mas estou assustado do mesmo jeito.

— Você não deveria ter vindo.

— Vim por dois centímetros a mais.

— Não vai acontecer nada, eu acho que eles não vão te machucar.

— Por que eles me machucariam?

— Não sei — diz Agustín, porque não falamos sobre isso, é algo que está no ar como o espírito do leopardo, como o redemoinho de mortos, como as erínias que cantam sobre a minha cabeça aquilo de estar ajustado ao pé. Quase coloco minhas mãos nos ouvidos para não as ouvir, mas não faço isso. Eu as conheço tão bem, desde meu tempo em Ílion que elas me cercam com seus cabelos vastos, seus olhos saltando das órbitas, seu sorriso impaciente, nada feliz. Os guerreiros mortos também me cercam, Martínez e o sul-africano que matei.

Na sexta-feira, depois do treinamento, é o dia de limpar as armas, pego minha AK, descarrego, limpo com gasolina e começo a lubrificá-la. Eu lhe dei um nome, chama-se Cassandra como eu, porque sua culatra é feita de madeira clara, quase loira. Os soldados da minha companhia cantam enquanto descarregam e limpam suas armas. Eles cantam aquela "*sabía que en el bollo le cabía un cañón de artillería, / cuatro tanques y un tranvía del ejército alemán*". A voz que mais se destaca é a de Johnny, o roqueiro, uma voz aguda da qual emerge, como um golfinho que salta, um estranho timbre de tenor. Então, eles passam a cantar "*ya me voy de tu tierra, / mejicana bonita, / bondadosa y gentil / y lo hago emocionado como si en ella dejara, y terminan con aquello de la barca de oro / que debe conducirme, / yo ya me voy, / sólo vengo a despedirme, / adiós, mujer, / adiós para siempre, adiós*".

Estou ouvindo daqui, Zeus, da terra onde jazo, pó sobre pó. Esse corrido mexicano me acompanhava desde que estávamos nos preparando para desembarcar em Angola. Era o nosso verdadeiro hino nacional. Nós o cantávamos quando conseguíamos rum ou outro destilado, e se não conseguíamos, cantávamos, e agora aqui sob o sol de África, quando já sabemos o que é estar na guerra, o que é tremer de febre com uma sede que não desaparece, o que é ter um medo tão imenso quanto uma grande casa, nós também a cantamos. Tudo isso para que Johnny de repente, quando menos esperamos, comece a cantar "Hotel California" com uma voz gasguita, fingindo que ele é um roqueiro ianque e que nós somos seus fãs.

— Marilyn Monroe, dança! — grita Martínez, que ainda está vivo e que, quando bebe se esquece que é um oficial e se mistura com os soldados.

— Recruta Raul Iriarte, vulgo Marilyn Monroe, vai ao centro e faz uma dança de róliudi para dar uma imagem melhor para os cabeças vazias aqui presentes — ordena o tenente Martínez, formado em jornalismo e chefe da formação política do batalhão.

Eu também bebi demais, tomei duas doses que Agustín me serviu com sorrisinhos e, dados os meus escassos 155 centímetros de altura e peso inferior a 45 quilos, já é demais, então vou para o centro, muito perto de onde está Johnny, o roqueiro, fecho os olhos e me movimento com languidez, mas minha dança tem muito pouco a ver com as Marilyns deste mundo, eu me movimento como dançávamos as minhas irmãs e eu quando, junto com a minha mãe, homenageávamos Hécate, a obscura deusa lunar. Eu me movimento e apalpo os meus pesados seios agora invisíveis com as mãos adornadas por pulseiras também invisíveis, sinto o cheiro da carne das oferendas, vejo os pés das outras mulheres e as joias em torno de seus tornozelos. Eu sou uma princesa entre as outras princesas enquanto o roqueiro canta "Hotel California" e estamos todos bêbados, exceto os outros oficiais que viajaram à Luanda.

Deixar o batalhão a cargo do senhorzinho de Miramar é entregá-lo ao nada, à dissipação. Martínez e o sargento Carlos dão as ordens quando ninguém está lá, e a primeira ordem é ir ao vilarejo mais próximo, pegar um pouco de aguardente e beber até explodir. Trocamos a aguardente por latas de carne russa e mortadela, esse tipo de polpa de porco, oleosa e úmida, que tem gosto de noites sem dormir. Eu danço enquanto o roqueiro canta "Hotel California", mas quando ele começa uma canção dos Beatles, o sargento Carlos, que já está entediado com o inglês inventado de Johnny, que soa como "chuotell cayiforlnia, yustinau usi yustinau usi", diz:

— Chega! Você está partindo meu cérebro com essa musiquinha, vamos tocar uma conga.

Carlos começa a bater palmas e vários deles começam a tocar nas caixas de madeira que antes continham fuzis, e então a voz de Agustín rompe a triste noite angolana.

— *King Kong, King Kong / te persigue un batallón*! — canta Agustín, e é como se todos nós fôssemos de alguma forma o macaco gigante e apaixonado que a polícia de Nova York persegue de arranha-céu em arranha-céu.

— *King Kong, King Kong / te persigue un batallón*!

Estou cantando com Agustín e os outros, meu Zeus, e de repente percebo que sou feliz e que seria mais feliz se não houvesse nada mais, se ficássemos presos na tela de sua memória para sempre, se nunca mais nos movêssemos e se nunca jamais e nunca mais, mas quando Agustín acaba, Martínez diz que ele canta como Bola de Nieve, que ele nunca deveria ter vindo aqui para desperdiçar seu talento, e então Agustín arranca com *Vete de mí* e os músicos improvisados param de tocar nas caixas de AK e as mulheres angolanas param o tam-tam com que moem a mandioca, e macacos e pássaros param de gritar nas árvores e os passos do leopardo se tornam mais silenciosos.

— *Tú, que llenas todo de alegría y juventud / y ves fantasmas en la noche de trasluz / y oyes el canto perfumado del azul, / vete de mí. No te detengas a mirar / las ramas muertas del rosal / que se marchitan sin dar flor, / mira el paisaje del amor que es la razón para soñar y amar. / Yo, que ya he luchado contra toda la maldad / tengo las manos tan deshechas de apretar / que ni te pueden sujetar, / vete de mí. / Seré en tu vida lo mejor / de la neblina del ayer / cuando me llegues a olvidar, / como es mejor el verso aquel / que no podemos recordar*... — canta Agustín sem olhar para lado algum e Cuba volta de onde nunca devia ter saído e se mete em Angola e todos temos muito sobre o que meditar, meu Zeus, muito.

Tenho dez anos de idade, li "O poço e o pêndulo" sentado na calçada do pátio da minha escola, esperando o sinal tocar para entrar na sala de aula. Perto de mim está o busto de José Martí que ainda ninguém limpou, e está sujo com poeira e folhas de amendoeira. Tenho um par de sandálias que a russa deu de presente para meu pai e para mim. As sandálias de cor marrom-claro são muito femininas para o gosto cubano. Por causa dessas sandálias, um dos meus colegas de sala vai me chamar gritando "mulherzinha!". Tenho o livro aberto sobre os joelhos, e de repente um homem se aproxima de mim, eu o sinto arrastando as folhas das árvores com seus pés, quando chega a minha frente, sua sombra me cobre maliciosa, finalmente levanto a cabeça e diante de mim está um indivíduo com um traje antiquado, com um chapéu estranho e um olhar atormentado, ele fala comigo em um idioma que eu não entendo. Esses olhos que brilham como fogo no rosto muito pálido, muito pouco apropriado para os trópicos, são a coisa mais notável sobre ele. Eu fico olhando para esses olhos e a escola desaparece. O homem estende a mão e, quando a aperto, sinto algo frio correndo pelas minhas veias, algo que eu não posso nomear. Em seguida, ele pega o livro, olha-o cuidadosamente e o folheia. Toda a sua roupa, toda a sua figura, exala algo muito antiquado, arcaico, mas também exala algo mais, algo que eu não conheço, embora tenha lido muito sobre este algo, que é a própria morte. Posso perceber isso no homem de estatura média que está diante de mim, enquanto no pátio as crianças brincam, correm, tomam esse refrigerante que nos dão como merenda com dois doces para cada um de nós. Ninguém vê esse homem, o homem é invisível para os outros. É uma "aparição", eu acho, porque ouvi essa palavra da minha mãe e da minha tia Nancy, que se parece tanto comigo. Há um silêncio ao redor de nós dois, ninguém se aproxima para me convidar para brincar, ninguém nota o homem que de repente me devolve o livro e com um gesto me pede que eu me levante e o siga. Deixamos o pátio da escola, caminhamos pelo corredor em direção à saída, mas quando estamos prestes a cruzar o portão, alguém põe a mão em meu ombro.

— Aonde você vai, rapaz? — a pessoa diz e quando eu me viro vejo que é o professor de língua espanhola, que me olha com olhos grandes e alarmados.

— Eu vou com ele — respondo, mas quando volto a olhar em frente, o homem já não está mais lá.

Nunca contei isso para ninguém, mas anos depois, em uma daquelas revistas *Caimán Barbudo*, vi uma foto do morto e soube que era Edgar Allan Poe. Ele foi o primeiro homem morto que vi, antes mesmo de ser Cassandra, o vi antes de ver os deuses que mais tarde acabaram sendo como essas gotas grandes de água que surgem antes dos ciclones. Agora estou em Angola e os mortos me cercam, eles se amontoam sobre nossas cabeças, retardam nossos gestos, nossas ações, tanto que no final paramos como bonecos cuja corda acabou, e não damos mais um passo, permanecemos imóveis e os atos se sobrepõem um ao outro, e o capitão me diz que a sua moral depende do meu silêncio ao mesmo tempo em que o tenente negro lhe pergunta se ele fez bem. A afirmação e a pergunta são mantidas no ar com um tipo muito lento de sujeição, Zeus pantocrator do tudo e do nada. Eu poderia dizer ao capitão "quero paz" e então minha morte teria alguma dignidade, eu não seria apenas um recruta sendo arrastado para a noite para morrer como os leopardos e as hienas morrem. Eu poderia dizer isso a ele e então o capitão não seria obrigado a me dizer:

— Eu te trouxe aqui para que conversássemos, Raul, porque temos muito o que conversar... Você contou para todo mundo e eu não posso deixar isso passar.

Eu não deveria ter dito "eu não disse a ninguém", eu não deveria ter dito isso a ele, eu deveria ter ficado calado, mas atrás de mim estava a deusa Atenas sugerindo as respostas e eu olhei o capitão nos olhos e sabia que em minutos a AK iria falar, eu sabia que as balas chocariam contra o meu corpo enquanto no batalhão, na divisão, no exército cubano, todos dormiam, até mesmo os sentinelas estavam dormindo. Agustín, deitado em sua rede, tão perto da minha, dormiu, esquecendo a promessa que ele fez ao meu pai, de que me protegeria. Já está acontecendo aquilo para o qual eu voltei para o Velho Mundo, o capitão já quer que eu me ajoelhe, que eu seja abjeto para que eu não lhe lembre tanto da mulher que morreu em Cuba, e eu me ajoelho e sou abjeto e lhe peço que não atire em mim, por favor, que eu não disse a ninguém e nem direi a ninguém, eu estendo minhas mãos diante dele e lhe imploro:

— Não, meu capitão, por aquilo que você mais ama, meu capitão.

— Você zombou do que eu mais amava — diz ele, e finalmente levanta a sua AK e a aponta para os meus olhos azuis. — Escórias como você devem ser apagadas do mapa, você minou a moral combativa de um homem, você tirou tudo de mim, Raulzito, tudo.

AGORA QUE não estou mais, minha mãe coloca o vestido favorito de Nancy nas costas de uma cadeira e mantém diálogos infinitos com a sua irmã, ela lhe conta tudo sobre mim, que estou em Angola e que lá eu cresci muito, que cheguei a quase dois metros de altura, ganhei músculos e aprendi inglês, francês e português e que vou voltar casado com uma princesa muito negra de cintura estreita, e ela vai aceitar isso porque as crianças têm que ter seus gostos, Nancy, para não ir embora, como José fez, que agora está em Miami a noventa milhas de distância e ninguém sabe como ele está indo por lá.

— Se eu tivesse sido mais aberta quando ele apareceu com a menina negra dançarina, tudo seria diferente — continua minha mãe, se balançando na poltrona em frente ao vestido azul-da-prússia dentro do qual está o fantasma de Nancy.

— *Esta tarde vi llover / vi gente correr / y no estabas tú. / El otoño vi pasar, / al mar oí cantar / y no estabas tú* — canta a minha mãe com uma voz doce, canta enquanto ela tricota uma touca de lã para a filha que eu vou ter com a princesa angolana, tricota enquanto na rádio Progresso dizem "sua novela do meio-dia", canta enquanto eu estou prestes a morrer.

Ninguém sabe que o capitão me trouxe aqui para me matar, todos sabem que o capitão me trouxe aqui para me matar, todos esses jovens soldados e sargentos que o admiravam tanto sabem que ele me trouxe aqui para me matar, todos esses oficiais do alto escalão que jogam beisebol com ele, que bebem rum com ele, que coçam suas virilhas com ele, sabem que esta noite é minha noite, que eu vou embora, que a Marilyn Monroe vai deixar de ser um problema, eles intuem.

— Não posso deixar isso passar, você arrasou minha moral — diz o capitão e dispara.

O capitão atira, as balas me atravessam e eu caio de lado como um navio que está afundando, estou morrendo lentamente e tenho vontade de pedir desculpas, porque ele me vê morrer como se vê morrer um pequeno animal ferido, ele se agacha na minha frente e quer me pedir desculpas e chorar, mas ele não pode chorar, minha morte não importa para ele, ainda que ele quisesse se importar, para não se sentir tão morto por dentro, ninguém vai se atentar ao som dos tiros, ninguém. É comum, na noite da África, escutar disparos. Sinto que estou deixando de respirar, sinto que as erínias me chamam, elas estendem as suas mãos para mim e continuam sussurrando ajustado ao pé, ajustado ao pé, ajustado ao pé, ajustado ao pé, ajustado ao pé. Estou morrendo lentamente enquanto o capitão me observa. Depois ele vai me levar para o campo de treinamento e vai me enterrar no mesmo buraco que eu cavei como taxa de serviço. Ele vai fazer isso porque se sente culpado por não ter me matado antes. Vai correr esse risco. No entanto, ninguém o verá, ou ninguém vai querer vê-lo.

— O que aconteceu com Marilyn Monroe, ela desertou? — o sargento Carlos vai perguntar no dia seguinte quando descobrir que não estou na formação.

— Talvez nem tenha acordado — dirá Johnny, o roqueiro.

VOCÊ ESTÁ OLHANDO para um pedaço de madeira na beira do mar, um pequeno pedaço de madeira que você encontrou entre as pedras, ali onde a praia fica mais agreste, você fica olhando para esse pedaço de madeira em que há algo escrito em uma linguagem que te leva a outros tempos e então esse pedaço de madeira tão antigo que é impossível que esteja em suas mãos começa a crescer, a tomar uma forma ondulada, a se tornar outro e você se torna outra diante da madeira, e você está sentada na margem de um mar que não é cubano e atrás de você está a cidade e você também é outra, é finalmente Cassandra e em poucos minutos eles vão te chamar pelo seu nome alado.

— Vem — eles dirão. — Vem, corre aqui, porque os navios estão se aproximando, deixa esta velha estátua de Hécate descartada pelos sacerdotes, vem para o templo de Poseidon, vem e vamos cantar aquelas canções que tanto gostamos, Cassandra, vem.

ESTE LIVRO, COMPOSTO NA FONTE FAIRFIELD,
FOI IMPRESSO EM PAPEL PÓLEN NATURAL 70G/M² NA ELYON.
SÃO PAULO, BRASIL, MARÇO DE 2023.